Pamphlet ⁰⁰¹

아체는 너무 오래 울고 있다

Pamphlet

아체는 너무 오래 울고 있다

쓰나미에 할퀸 '자유아체'의 절망과 희망

박노해 글 | 사진

머리말

슬픔은 우기처럼 쏟아지고
고통은 건기처럼 내리쬐는데

아체를 다녀와서 한동안 말을 잃었고 몹시 앓았다. 내 마음을
덮친 충격이 있어 긴 침잠과 회복의 시간이 필요했던 모양이다.
지난 시절 견디기 어려운 일도 겪어 보고, 전쟁의 바그다드와
숱한 분쟁지역에서 몇 번씩 쓰러지기도 했지만,
아체는 또 다른 충격으로 나를 무너뜨리고 말았다.

쓰나미가 휩쓸고 간 반다아체는 끝없는 '폐허의 지평선'이었다.
한 순간에 가족과 삶의 터전을 잃어버리고 난민촌에 던져진 이들
중에 살아남은 행운에 감사하는 사람은 아무도 없었다.
거대한 잔해 더미 위에서 다시 일어서려는 처절한 몸부림마저
허무하게 느껴질 뿐이었다. 그러나 그들을 무너뜨린 것은
쓰나미만이 아니었다. 아체는 이미 너무 오래 울고 있었다.

인도네시아에 강제 점령당한 30여 년 동안 헤아릴 수 없는
사람들이 밤마다 학살되고 어디론가 실종되었다.
국제 사회의 침묵과 방관 속에 아체인들은 자유독립의 실낱같은
희망을 붙들고 가망 없는 투쟁을 이어 오고 있었다.
그 위에 쓰나미까지 덮친 것이다.

슬픔은 우기처럼 쏟아지고 고통은 건기처럼 내리쬐는
아체인의 절망 앞에서, 나는 함께 울어 주는 일밖에는
아무것도 할 수가 없었다. 나밖에 읽어 줄 사람이 없는 작은 수첩과

낡은 카메라에 그들의 감추어진 진실을 기록하는 것이
내가 할 수 있는 유일한 투쟁이었다.

나를 무너뜨린 것은 그 철저한 무력감이었다. 그리고
여기에서는 다 밝힐 수 없는 공포의 체험과 한 마리 '아체의 개'가
되어 떨고 있던 내 인간성에 대한 절망감 때문이었다.
검은 총구의 숲에서도 나와 동행해 주고 힘들게 증언해 준
그곳 선한 벗들의 생명 때문에 그 감추어진 실상을
곧바로 밝히고 알리지 못하는 내 마음이 너무 무거워
더욱 말을 잃고 심하게 앓았던가 보다.

아체는 너무 오래 울고 있다.
누구도 그 숨죽인 울음을 들어 주지 못하고
누구도 그 오래된 눈물을 닦아 주지 못하고
누구도 그 무거운 공포를 지켜봐 주지 않는
버림받은 아체의 슬픔과 아픔.

그것을 외면하는 것은 우리 자신과
우리 자신의 미래를 외면하는 일이 될 것이다.

2005년 11월
박노해

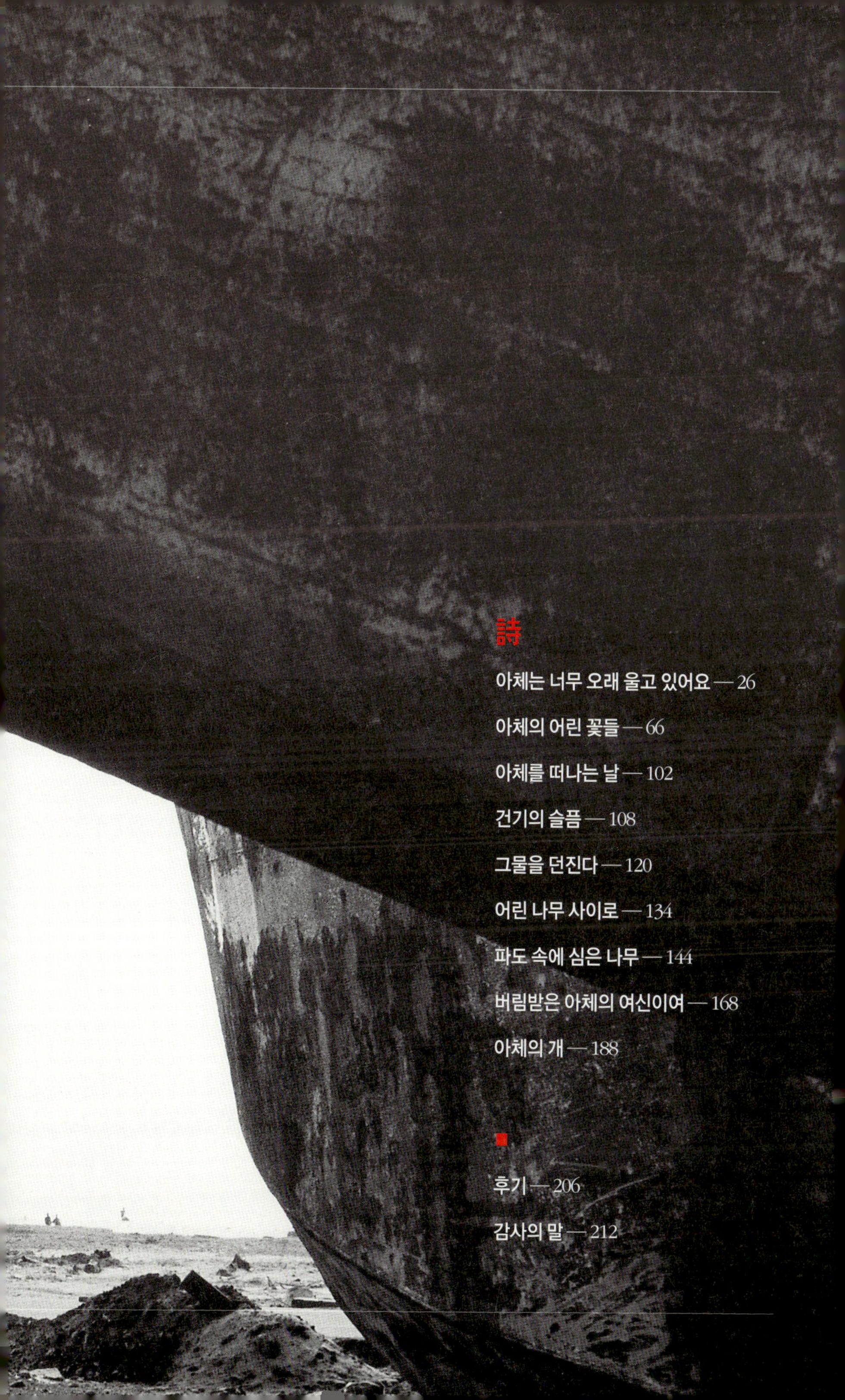

詩

폐허의 지평선 쓰나미가 닥치기 전까지는 집과 건물들이 즐비했던 곳이다. 집집마다 가난한 웃음꽃이 피어나고, 아이들은 골목길에서 축구를 하고, 청년들은 동네 어귀에 앉아 기타를 치고, 하루일을 마친 젊은 남녀들은 야자수 그늘에서 달콤한 아체 커피를 마시며 사랑을 속삭였으리라.

살아남은 행운에 감사하는 사람은 아무도 없다 난민촌 사람들은 가족과 이웃을 구해내지 못하고 자신만 살아남은 것에 대한 죄책감에 시달리고 있었다. 얼마나 많은 시간이 흘러야 기적처럼 목숨을 건진 경험이 새 삶을 시작하는 용기와 자부심의 원천이 될까.

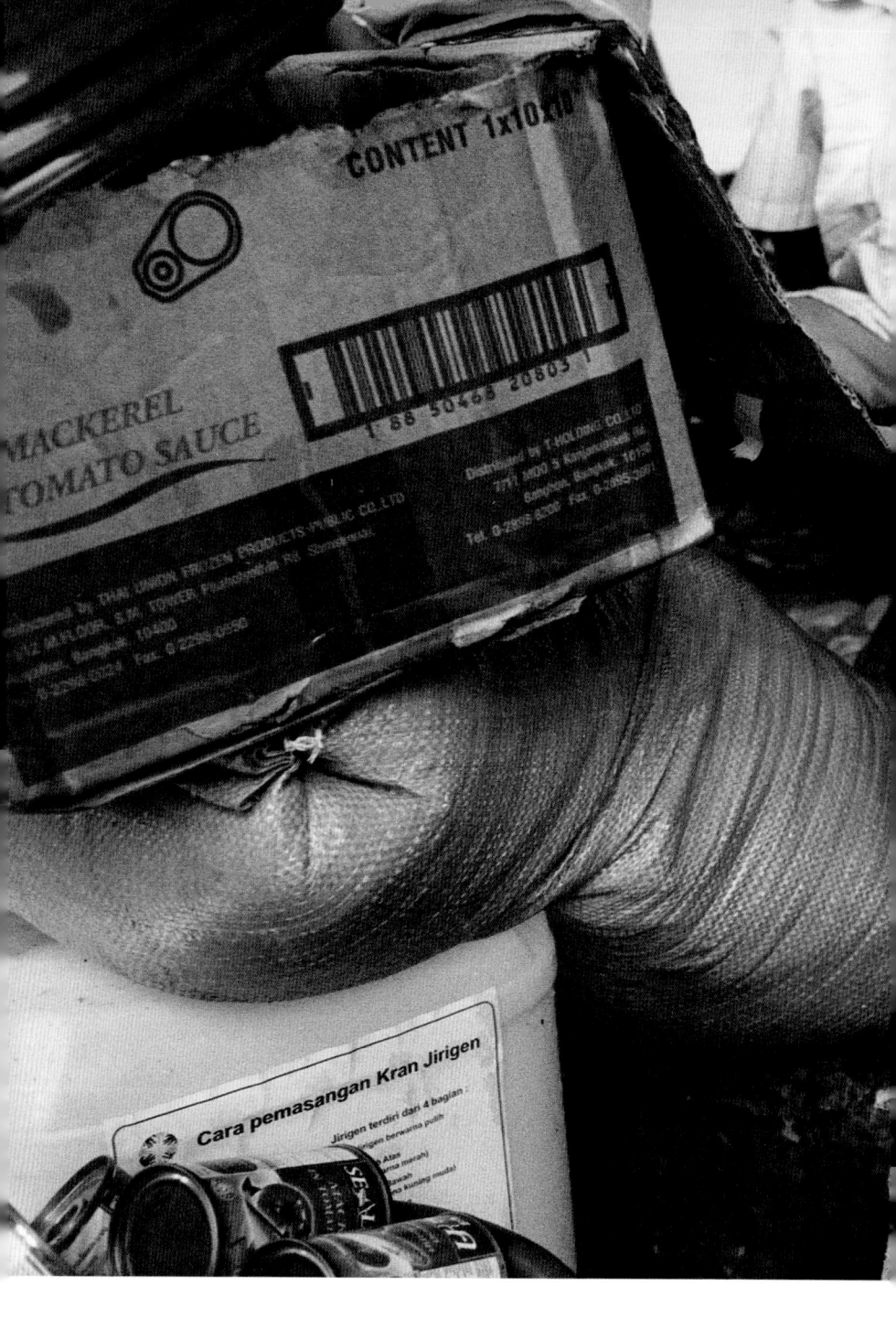

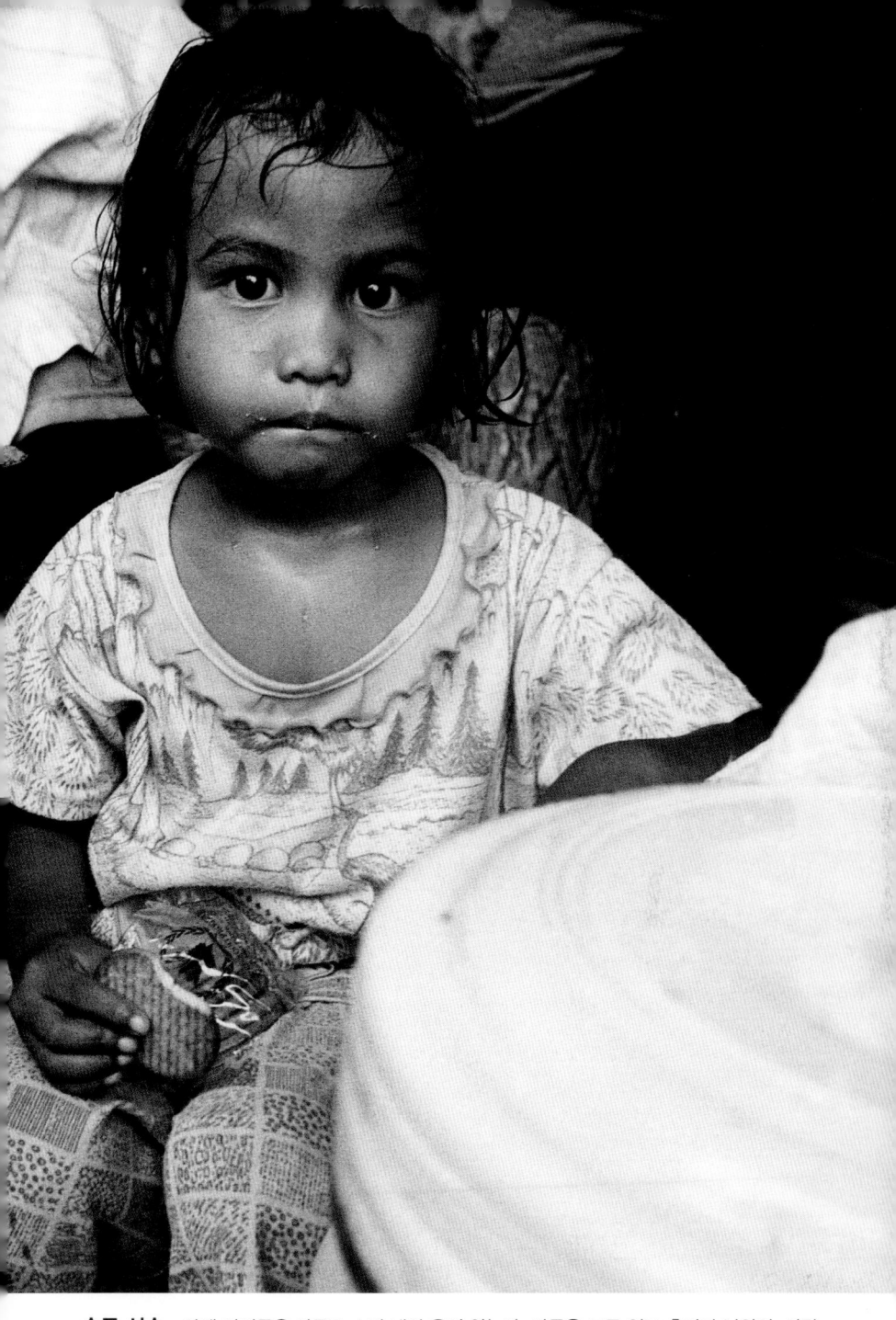

슬픈 성숙 아체 아이들은 아무도 소리 내어 울지 않는다. 가족을 모두 잃고 혼자만 남았건, 어린 남매만 남았건 칭얼대거나 투정부리거나 어리광부리는 아이는 아무도 없었다. 재난이 하루아침에 아이들을 성숙시켜 버렸다. 구호품 더미 속에 앉은 아이 손에 비스킷 한 조각이 쥐어졌다.

그들은 두 번 죽었다 쓰나미만이 아체를 할퀸 것은 아니었다. 한때 독립국이었던 아체는 인도네시아로부터 독립을 열망하며 오래도록 투쟁하고 있었다. 세계의 언론은 쓰나미 뒤에 가려진 그들의 인권 상황과 정치적 비극을 외면했다. 감옥에 갇힌 채 쓰나미에 희생된 아체의 양심수들의 사진이 무너진 감옥 바닥에 흩어져 있었다.

오늘은 聖 금요일 신기하게도 마을마다 모스크들만은 살아남았다. 아잔 소리가 길게 울리자 군데군데 허물어진 모스크에 사람들이 찾아들어 기도를 올린다. 폐허의 절망 위에서 눈물을 참고 강인하게 버티던 사람들도 결국 하느님 앞에서만은 참았던 울음을 터뜨리고 만다.

절망을 살아내는 법   폐허 위의 삶에 어느 정도 적응되자 바닷물에 떠돌던 판자로 집을 짓고 서서히 일상을 복구하는 사람이 늘고 있다. 용케 건진 그물 하나. 바다로 돌아가기 위해 얽히고설킨 그물을 절망을 풀어내듯 풀어 나간다.

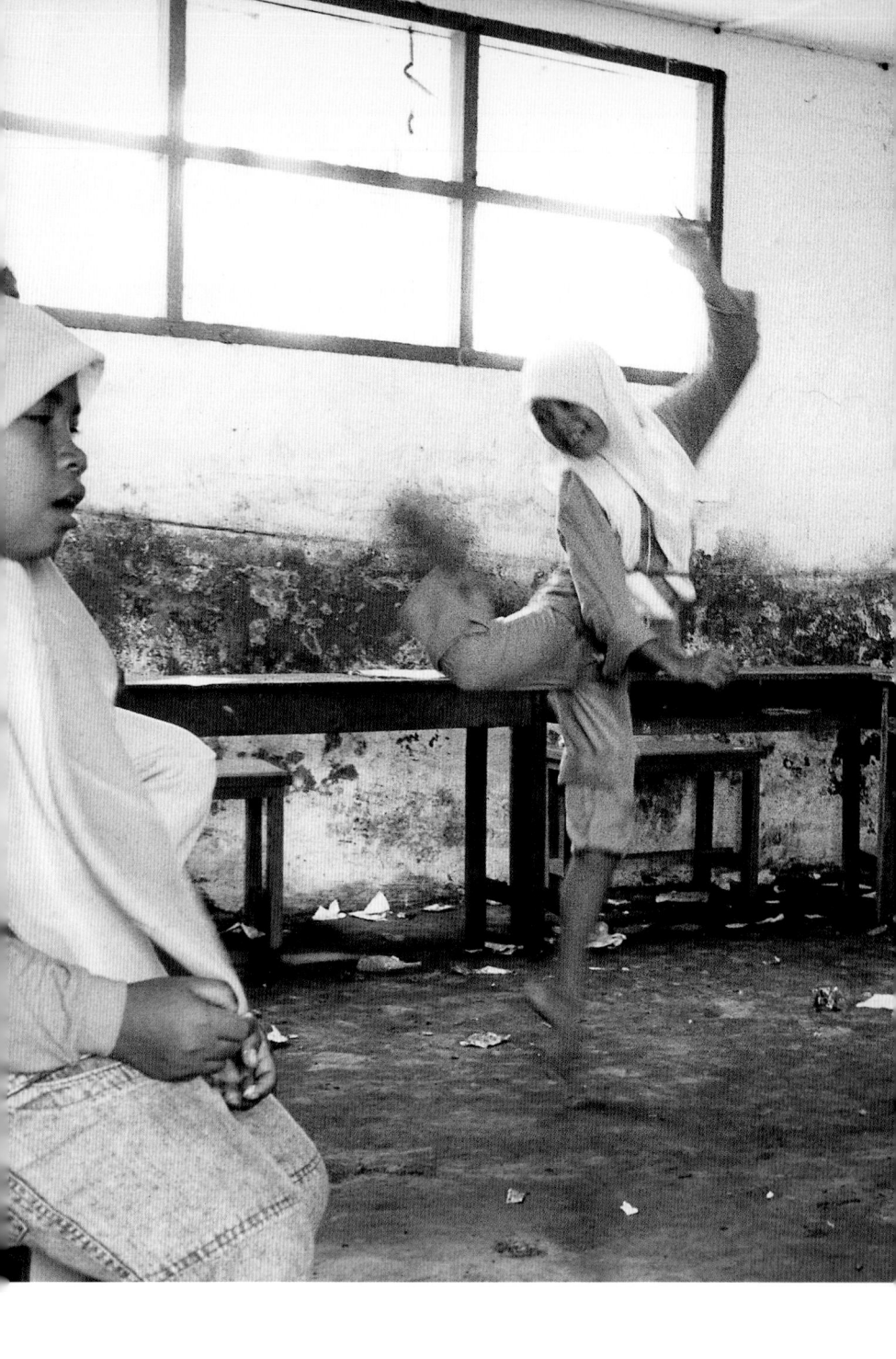

아이들은 어디서나 가장 먼저 피어나는 꽃 아체 아이들은 스스로 웃음꽃을 피워 낸다. 침수 흔적으로 온통 얼룩진 교실이 고무줄 한 가닥에 즐거운 놀이터로 변하고 아이는 곡예사가 되었다.

Part 1
폐허의 지평선
2005년 3월의 아체

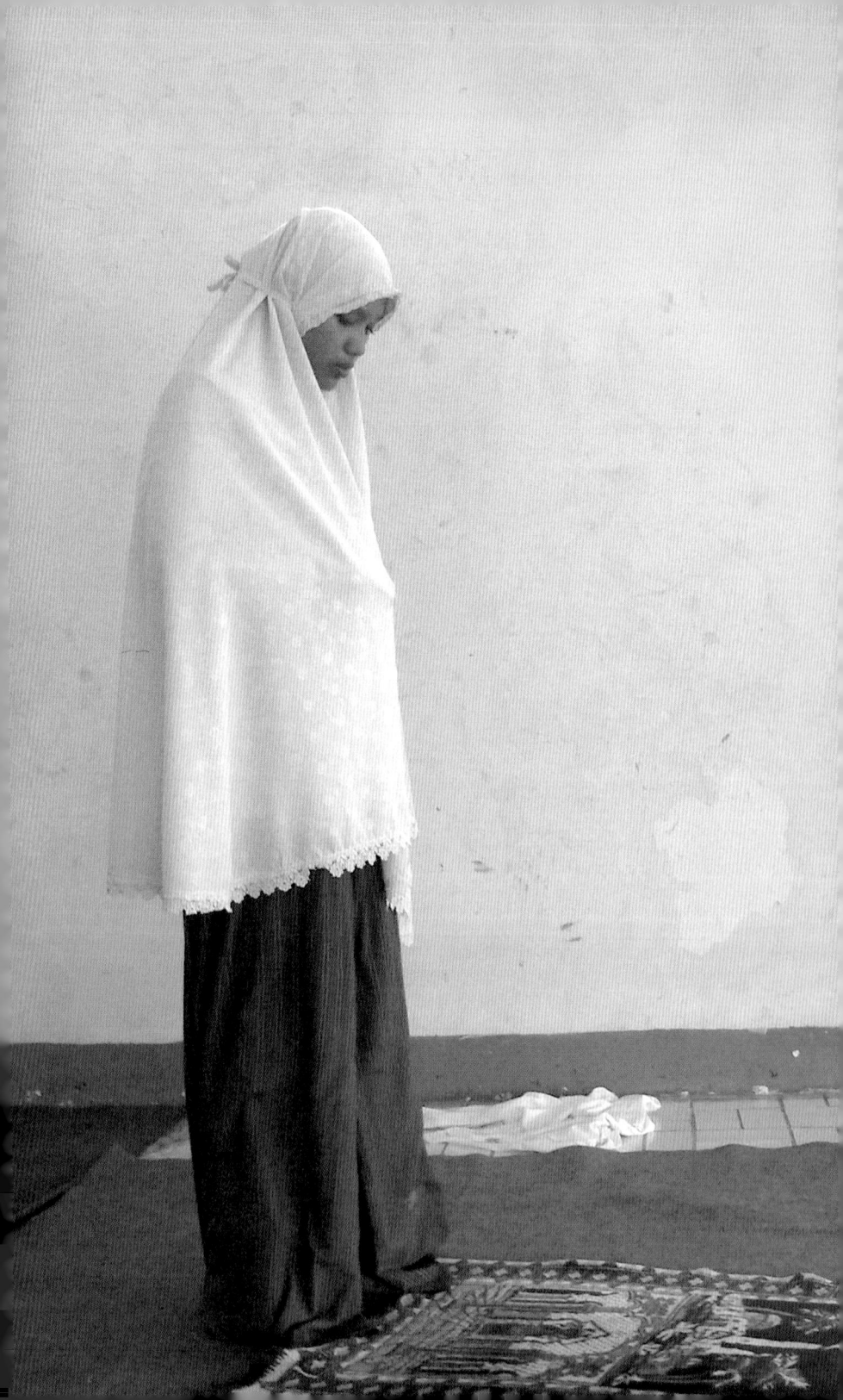

아체는 너무 오래 울고 있어요

하늘이여 저에게 화를 내고 계신가요
여기가 세상의 심판대인가요
인도네시아의 검은 머리라 할 수 있는
아체를 이렇게 날려 버렸어요
아무 경고도 없이
아무 자비도 없이

제가 당신을 아프게 했나요
그래서 온 지구를 흔들었나요
왜 하필 아체였나요
아체는 이미 울고 있는데
밤마다 사라져 간 별들이 발 밑에서 우는데
총살당한 부모 품에서 살아나온
저 아이가 또 무얼 잘못했나요
밀림의 스무 살 이농발女戰士이 무얼 잘못했나요
쓰나미로 몰려든 외국인이 떠나면
여긴 다시 계엄의 공포인데
저는 언제까지 울어야 하나요

푸른 바다 물결은 언제 그랬느냐는 듯 부드러운데
사람들은 이젠 잊어버린 채 웃고 마시고 분주한데
하늘이여 눈물 많은 사람들이 필요했나요
착하고 가난한 사람의 희생이 필요했나요
이미 당신께 속해 있는 자의 희생이 더 필요했나요

오 하늘이여
오래된 제 눈물은 흘러도 좋아요
그러나 피지도 못한 아체의 아이들은 받아주세요
울 힘마저 없는 사람들은 받아주세요
아체는 너무 오래 울고 있어요
아체는 너무 오래 울고 있어요

절망의 풍경

아체를 아시나요

아체는 한 마리 고래처럼 생겼다.

태평양에서 인도양으로 전속력으로 달리던 고래 한 마리가 문득 고개를 치켜든 곳, 그 수마트라 섬의 머리 쪽이 아체이다. 그 동안 우리는 아체를 잘 알지 못했다. 우리가 아체를 향해 비로소 시선을 돌리게 된 것은 2004년 말의 대재앙 쓰나미와 함께였다.

인구 400만. 천연자원의 보고. 땅속에는 석유와 천연가스, 금과 석탄이 간직되어 있고, 바다에는 참치와 은빛 물고기 떼가 뛰놀고 있다. 어쩌면 오늘 우리 식탁에 오른 참치도 아체의 것일지 모른다. 산에서는 저 유명한 수마트라 호랑이가 사는 밀림의 목재와 시멘트 원료, 들에서는 풍성한 곡식과 과일과 커피와 후추가 생산된다. 인도네시아 전체 영토의 30분의 1도 되지 않는 아체가 인도네시아 석유의 20%, 천연가스의 30%를 생산해 내고 수출의 11%를 담당하고 있다. 세계의 제국들이 너나없이 이곳을 차지하려 했던 것도 바로 이런 풍부한 자원 때문이었다. 풍광도 아름답기 그지없다. 말 그대로 천혜의 땅 아체는 그러나 지금 처절한 고통의 땅이 되어 있다. 쓰나미 때문만은 아니다.

아체는 한때 강력한 독립국가였다. 아체만의 독자 언어와 문화가 있고, 아체인의 독립심과 자부심 또한 강하다. 말라카 해협을 낀 동서 무역과 교통의 중심지로 15세기 무렵 빛나는 이슬람 제국을 건설했던 아체는, 포르투갈과 네덜란드와 일본에 맞서면서 지난한 투쟁사를 이어 왔다. 식민지배 기간 동안 인도네시아 제도의 어떤 지방보다 장렬히 싸워 온 아체는 인도네시아가 독립한 이후에도 특별한 지위를 갖게 됐다. 분명 수마트라 섬의 한 부분이지만 수마트라에 속하지는 않는 '아체 주'다. 1953년에는 이슬람 공화국을 선포하고 독립국가를 유지하기도 했다. 그러나 아체는 결국 군사독재자인 수하르토에 의해 점령되고 말았다.

이후 아체인들은 '자유아체'를 부르짖으며 30년째 저항에 나서 왔지만 도무지 앞이 보이지 않는 상황이다. 2003년부터는 계엄상태에 들어가 밤마다 총소리가 울리고 헤아릴 수 없는 아체인들이 학살당했다. 인도네시아에서 가장 풍요로워야 할 땅이 가장 빈곤한 곳이 되어 버린 모순 앞에서 아체인들은 몸부림칠 수밖에 없다. 거기에 다시 쓰나미가 덮쳐 40만 명이 죽은 것이다. 아체의 절망은 끝이 없다.

지상에서 가장 작지만 가장 큰 무덤

서울에서 자카르타 공항으로 날아가 다시 메단 공항에
잠시 멈췄다가 반다아체에 도착했다. 가슴이 조여 오
기 시작했다. 쓰나미가 할퀴고 간 백일 후의 현장, 과
연 아체는 어떤 얼굴을 하고 있을까? 초라한 반다아체
공항을 나서자마자 뜨거운 습기와 함께 썩어 가는 냄
새가 훅 덮쳐왔다. 나를 막아서는 건 학교 운동장만한
크기의 쓰나미 공동묘지였다. 지상에서 가장 작지만
가장 큰 무덤. 이곳에 10만 명의 주검이 사스 걸린 병
아리 떼처럼 한꺼번에 길가 늪지에 던져져 묻혀 있는
것이다. 묘석 하나 없이, 이름 한 줄 없이. 흙더미에 묻
어 왔을까. 어린 바나나 나무 싹 하나가 애처롭게 돋아
나 있었다. 무덤을 돌봐줄 피붙이 하나 남기지 못한 젖
은 영혼들에게 푸른 날개라도 되어 주겠다는 듯이. 나
는 관리인에게 부디 이 바나나 나무를 뽑지 말아 달라
고 아무 소용도 없는 당부를 했다.

　그리고 펼쳐진 것은 끝없는 '폐허의 지평선'이었다.
사방을 둘러봐도 시선의 끝까지 거대한 폐허의 지평선
이다. 얼마 전까지만 해도 집과 건물들이 즐비했던 곳
이다. 집집마다 가난한 웃음꽃이 피어나고, 아이들은
골목길에서 축구를 하고, 청년들은 동네 어귀에 앉아
기타를 치고, 하루 일을 마친 젊은 남녀들은 야자수 그
늘에서 달콤한 아체 커피를 마시며 사랑을 속삭였으리
라. 그러나 아체는 지금 참혹한 잔해 더미다. 해안에서
한참이나 떨어진 시내 한복판 도로에까지 파도에 날아
온 배가 떨어져 있고 석탄을 싣고 가던 200미터 길이
의 거대한 배도 산언덕까지 밀려와 있다. 그나마 아름
드리 가로수 몇 그루는 살아남아 실종된 가족을 찾는
전단들을 애타게 팔락이고 있었다.

　이번 쓰나미는 유라시아판과 인도양판이 만나는 지

학교 운동장만한 흙무덤에 쓰나미 희생자 10만 명이 묻혔다. 비석도 없고 참배객도 없는 황량한 묘역에 바나나 싹 하나가 애처롭게 돋았다.

층이 수직이동을 하면서 발생했다. 그 바람에 엄청난 바닷물이 한꺼번에 빨려들었다가 왈칵 토해졌다. 그 위력이 히로시마에 떨어진 원자폭탄의 약 250배 규모였다고 하니 상상을 초월한다.

재앙은 결코 평등하지 않다

쓰나미가 휩쓸어 간 아체 바닷가 마을은 가난한 사람들이 모여 살았던 곳이다. 죽은 것은 모두 가난한 자들이었다. 부자 마을과 잘 지은 집들은 파손되긴 했어도 여전히 건재했다. 지구마을 어디서나 가난한 사람들은 밀리고 떠밀려 가장 낮은 늪지나 바다 곁에서, 가장 높은 산동네 그늘진 곳에서 살아간다. 그들은 이 지상에서 더는 의지할 데가 없기에 하늘로, 바다로 가서 기대려 한 것일까. 언제나 재앙은 가난하고 힘없는 사람들의 것, 그들의 삶은 '한 줌의 삶'인가. 어쩌면 우리의 삶은 이렇게 가난한 사람들의 희생 위에서 유지되고 있는 것은 아닐까. 무거운 피라미드를 떠받치는 밑돌의 슬픔 위에서…. 그 낮은 살림터로 지진해일이 맨 먼저 밀치고 들어왔다. 마치 조용한 밤의 폭탄처럼.

일본에서 강도 9의 지진이 일어났을 때 50명이 죽었

그나마 아름드리 가로수 몇 그루는 살아남아 실종된 가족을 찾는 전단들을 애타게 팔락이고 있었다.

다. 그와 비슷한 강도의 지진이 방글라데시를 강타했을 때 50만 명이 죽었다. 한번 지진으로 만 명 이상 죽는 것은 가난한 나라의 가난한 사람들뿐이다. 재앙은 결코 평등하지 않다. 어떤 사람이 이러한 사회학적 상상력을 잃고 자연현상이나 천재지변을 바라보고 영성이나 문화예술을 말한다면 결국 허위를 전파하는 것이다. 불가항력의 자연 재앙이라는 쓰나미, 그 뒤에는 또 다른 사회경제적 진실이 도사리고 있었다.

살아남은 행운에 감사하는 사람은 없었다

살아남은 가난한 사람들은 가족과 집을 잃고 말 그대로 '아무것도 가진 것 없는' 신세로 전락하고 말았다. 은행통장도, 일자리도, 생계 도구도, 사회보장도, 기대어 볼 그 무엇 하나 없는 상처 난 몸과 절망의 가슴뿐이다.

살아남은 행운에 감사하는 사람은 아무도 없다. 난민 천막촌 사람들은 오히려 가족과 이웃을 구해내지 못하고 자신만 살아남은 것에 대한 죄책감에 시달리고 있었다. 마치 자기 때문에 가족들이 죽어갔다는 듯이. 거기다 아무 희망 없는 생존의 고통은 몇 배의 무게로 그들을 짓누르고 있었다. 희망이 있다면 더 이상 굴러떨어질 곳 없는 맨 밑바닥 끝자리에 와 있다는 것. 위안이 있다면 자신과 같은 절망에 처한 사람들이 수십만 명에 달한다는 것.

그래도 쓰나미 재앙으로 계엄치하의 아체 땅에 외국인들이 찾아와 자신들의 오래된 고통을 들여다 봐 주는 것이 위안이고 힘이라고, 아무 힘 없는 나를 반겨주는 것이었다.

난민 천막촌은 어디서나 삶은 다시 피어난다는 것을 느끼게 해 주었다. 난민촌에서 새로 태어난 생명도 있

삶은 다시 피어난다. 난민 천막촌에서 태어난 새 생명. 그러나 의지할 사람이라곤 빈 손의 산모와 할머니 한 분뿐이다.

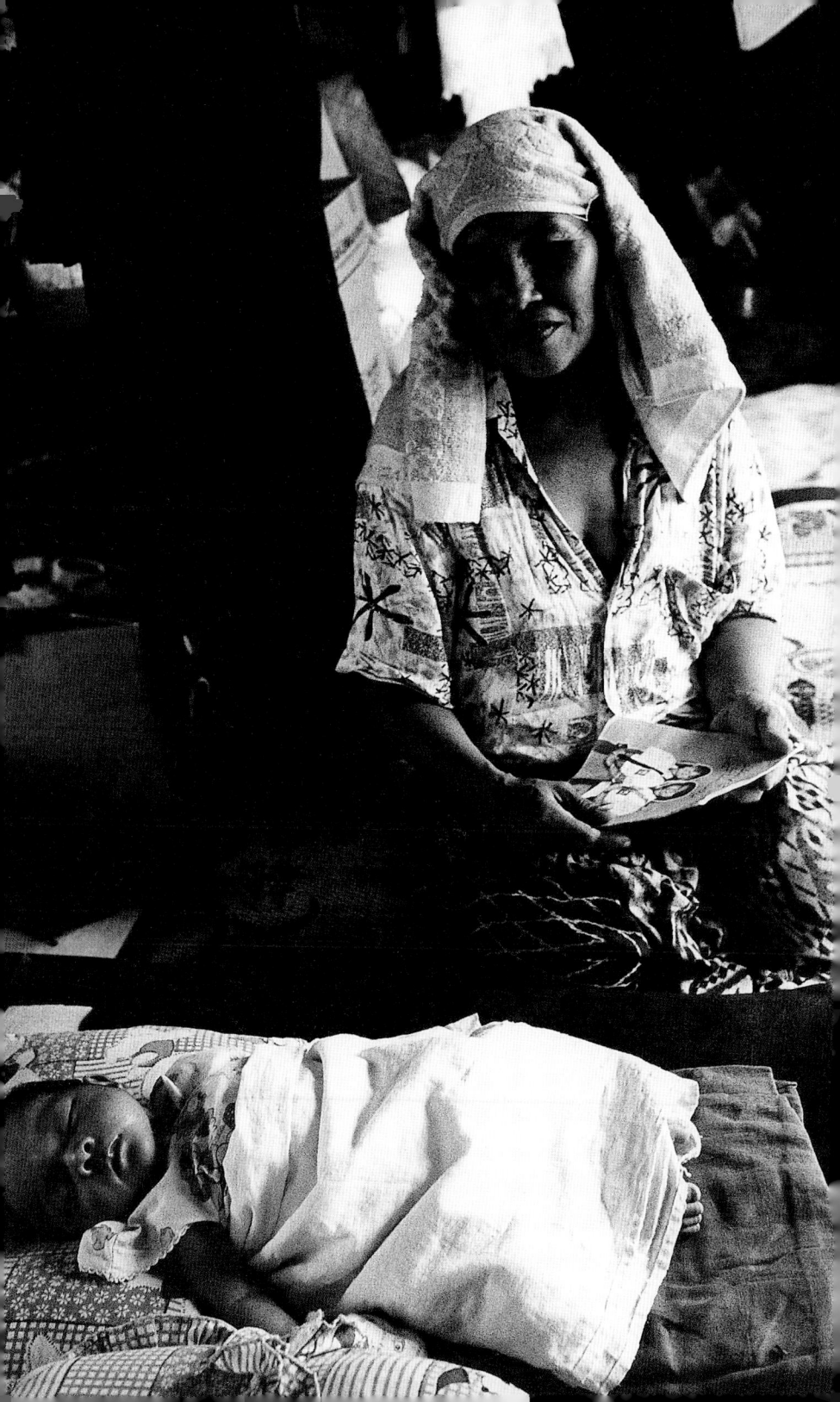

었다. 그러나 남은 가족이라곤 산모와 할머니 한 분. 집도 없고 돈도 없고 생계수단을 다 잃어버리고 구호에만 의지하여 연명하고 있는데 과연 이 아이를 어떻게 길러낼까?

난민촌에서 가장 많이 만날 수 있는 것이 고아들이었다. 한 고아는 외진 구석에 앉아 그림을 그리고 있었다. 그렸다가 지우고, 지웠다가 다시 그리는 그림은 빈 집과 빈 의자들이었다. 엄마 아빠는 어디 계시냐고 하니까 말없이 눈물만 글썽인다. 가족이 모두 죽었다. 엄마 얼굴 한번 그려 봐, 했더니 기억이 나지 않는단다. 하긴 백일이 지났다. 부모는 얼굴도 가물거리고 빈 집만 그리면서 가족 생각을 하는 것이다. 빈 의자가 다섯 개인 걸 보니 가족이 다섯 명이었던가 보다.

슬픈 성숙

그래도 난민촌에 가설된 천막 학교에서 만나는 아이들의 표정은 밝았다. 그러고 보니 특이한 현상이 있었다.

아체 아이들은 아무도 아
이답게 소리내어 울지 않
는다. 엄청난 비극이 그들
을 더 이상 어린 아이로
남아 있을 수 없게 했다.

아체에서 소리 내어 우는 아이를 한 명도 보지 못했다.
신기하게도 칭얼대고 투정부리고 어리광부리는 아이를
보지 못했다. 수없이 많은 고아들, 난민 아이들 속에
소리 내어 우는 아이가 한 명도 없었다. 부모 손을 꼭
잡고 가던 아이들도 고아들 앞에서는 슬그머니 손을
놓는다. 재난이 하루아침에 아이들을 성숙하게 만들어
버린 것이다. 그러나 그것은 슬픈 성숙. 마치 가느다란
작은 나무에 너무 큰 열매가 달린 듯 아이들은 하루아
침에 철이 들어 버렸다. 그들은 울지 않는다. 가족을
모두 잃고 혼자만 남았건, 어린 남매만 남았건, 그들은
울지 않는다.

그렇게 울음을 삼켜 버린 아이들은 일하기 시작한
다. 그래야 먹고살기 때문이다. 어린 가장이 된 아이들
은 더 어린 고아를 업어 주고, 어린 남매는 서로를 안
으며 챙겨 주고, 스스로 물을 긷고, 밥을 차리고, 앙증
맞은 손으로 빨래를 하고, 고철을 모아 팔고….

고물을 주우러 나온 아이들을 만났다. 초등학교 2학

년밖에 되지 않은 아이, 여섯 살밖에 안 된 녀석도 끼어들었다. 초등학생에게 얼굴이 어두워 보이는구나 했더니 "아아, 저 울지 않아요. 저 뽀또^{사진} 찍어 주세요." 하면서 활짝 웃어 보여준다. 그러나 사진을 찍고 나자 슬그머니 고개를 돌리더니 금세 눈이 젖는다.

반다아체 시내 중심가에는 동남아 무슬림들의 순례지로 유명한 120년 된 바이투라만 모스크가 있다. 거대한 규모와 아름다운 건축을 자랑하는 반다아체의 상징이자 주민들의 마음의 고향인 모스크다. 여기도 쓰나미의 상처를 피할 수가 없었다. 1천여 명의 아이들이 오후의 '경전학교'에서 반짝이는 눈동자로 코란을 읽는 소리가 낭랑하던 곳이다. 그러나 아이들도 선생들도 거의 다 죽고 백여 명 정도가 살아남았다. 살아남은 아이들은 말도 웃음도 없이 넋이 나간 듯 모스크 기둥에 기대 앉아 있었다. 파도에 휩쓸려 간 친구들을 생각하는 것일까. 날마다 읽던 경전의 가르침으로도 이해되지 않는 이 악몽의 현실을 되묻는 것일까. 나는 그 아이들의 묵상에 가만히 곁에 앉아 있을 뿐 차마 말을 건넬 수가 없었다.

동남아 무슬림들의 순례지로 유명한 바이투라만 모스크. 거대한 규모와 아름다운 건축, 120년의 역사를 자랑하는 반다아체의 상징이자 주민들의 마음의 고향이다. 쓰나미는 이 모스크 곳곳에 우울한 상처를 남겼다.

오늘은 聖 금요일

반다아체를 빠져나와 해안선을 따라 달리며 쓰나미가
덮친 마을들을 차례로 찾아 나섰다. 까주 마을도 참혹
한 폐허의 지평선이었다. 그런데 유일하게 모스크만이
살아남아 있다. 정말 여기만이 아니라 어느 마을에나
단 하나 모스크만은 살아남아 있다. 이유가 있었다. 무
슬림들은 한 터전에 정착하기 위해 천막을 치고 나면
제일 먼저 하는 일이 모스크를 최대한의 정성을 들여
짓는 것이다. 그들에게 모스크는 기도처이자 마을회의
장소이고 아이들 학교이고 놀이터이고 마을잔치 장소
이고 휴식공간이기 때문이다. 무슬림 마을공동체의 심
장부가 모스크인 것이다.

오늘은 성聖 금요일. 아잔 소리가 길게 울리자 폐허
가 된 터전에서 복구 작업을 하던 주민들이 하나 둘 모
여들기 시작한다. 마을에서 유일하게 살아남은 상처
난 모스크에 모여 함께 예배를 드리기 시작했다.

아체인들은 그 동안 참아왔던 울음을 오직 하느님

까주 마을의 모스크. 아잔 소리가 길게 울리자 마을에서 유일하게 살아남은 건물인 모스크로 주민들이 하나둘 찾아든다. 예배는 곧 낮고 무거운 울음의 합창으로 변하고 만다.

앞에서만 내보인다. 솟구치는 통곡을 뱃속까지 꾹꾹 누르며 소리 죽여 흐느끼는 저 낮고 무거운 울음의 합창…. 사랑하는 가족을 잃고 집을 잃고 가축을 잃고 고깃배를 잃고 친구와 미래를 잃었어도, 그래도 알라는 위대하시고, 그래도 살아남은 자의 의무를 해야 한다고, 우리가 의지할 건 정부도 돈 많은 자도 지식 많은 자도 성직자도 아닌 모든 것을 잃어버린 우리들 자신 뿐이라고, 우리는 결코 혼자가 아니라고, 그렇게 무너진 땅에 입맞추고 기도하고 손을 맞잡고 서로 눈물을 닦아 주며, 불볕만 내리쬐는 폐허의 지평선으로 다시 발길을 돌리는 것이었다.

그랬다. 까주 마을 사람들은 나에게 아무 말도 없이 깊은 가르침을 보여주고 있었다. 이 지상에 결코 이겨 내지 못할 슬픔과 고통은 없다고. 그 어떤 슬픔도 절망도 그것을 함께 나누는 사람들이 있다면 삶은 다시 피어난다고.

"마음은 모두 산에 가 있습니다"

람레 마을로 발길을 돌렸다. 이 작은 마을도 28명이 죽었다. 우리나라 참치 회사가 잠깐 있다가 쓰나미로 빠져나갔다.

집도 가족도 다 잃어버린 여인네는 돌도 지나지 않은 아이를 키우기 위해 파도에 흘러온 판자로 길가에 가건물을 짓고 구멍가게를 열었다. 누가 사줄 손님 노릇을 할까. 한 시간 넘게 그 주변에 있어 봐도 손님은 커녕 그 앞을 지나는 사람마저 뜸하다. 도무지 사줄 물건도 변변찮다. 이런저런 말을 건네다 보니 젊은 여인의 눈이 자꾸 젖어들어 그만 무거운 발길을 돌리고 말았다.

람레 마을에 있는 유일한 가게 그늘에 앉아 후둑후둑 떨어지는 땀을 닦고 있으니 복구 작업을 하던 젊은이들이 하나둘 모여들기 시작한다. 가게 주인은 뒷산에서 새로 따온 작은 바나나를 권하고 갓 튀긴 노란 바나나 튀김을 내온다. 새콤하고 아삭한 맛이 참 좋다. 원두를 새로 볶아 내린 아체 커피를 연신 권하며 이 외진 마을까지 찾아 주어 고맙다고 한다.

마을 젊은이들과 담배를 주고받으며 대화를 나누다 보니 자연 아체의 정치 상황과 자유아체운동하는 GAM 이야기로 흘러갔다.

"우리는 울고 싶어도 울 자유가 없습니다. 쓰나미로 초토화한 아체를 보며 인도네시아 정부가 팔짱끼고 웃고 있기 때문입니다."

"부정부패한 정부 관리들이 구호금마저 착복하고 있습니다. 계엄군은 구호품을 나른다며 구호자금으로 새 트럭이나 사고 있습니다. 우린 구호품 하나 지원받지 못했습니다."

"지금 산악 밀림의 전사들은 쓰나미 때문에 보급이

"계엄군들은 구호품을 나
른다며 구호자금으로 새
트럭이나 사고 있습니다."
인도네시아 정부를 비판
하던 청년들은 민병대의
감시가 느껴지자 갑자기
표정이 굳어졌다.

끊겨 밥을 굶고 있습니다…. 아체에서 성인 남자가 되
면 마음은 모두 산에 가 있습니다."

청년들이 갑자기 목소리를 죽이며 표정이 굳어졌다.
돌아보니 눈매가 날카로운 운동복 차림의 사람들이 가
게에 들어오고 있었다. 민병대가 분명했다. 나는 너스
레를 떨다가 슬며시 일어나 차에 몸을 실었다. 심상찮
은 눈총이 목덜미에 느껴졌다. 그들 중 한 명이 무전기
를 켜고 어디론가 연락하는 모습이 보였다. 급히 차를
달려 이리저리 샛길을 누비다 울창한 야자수 숲 속에
서 한동안 관망하기로 했다.

바닷물로 질척이는 땅바닥에 아이 머리통만한 야자
수 열매들이 버려진 돌덩이들처럼 뒹굴고 있었다. 그
런데 놀라웠다. 그 열매마다 손가락만한 푸른 새순이
돋아나고 있는 것이 아닌가. 폭탄 같은 쓰나미 파도에
떨어져 바닷물 속에 뒹굴면서도 이렇게 끈질기게 새싹
을 틔웠구나. 쪼그려 앉아 강인한 연초록 새싹을 들여
다 보고 있노라니 운전기사가 새싹이 곧게 오른 야자

열매 하나를 들고 와서 "뿌이쉬^{시인} 박, 이 아이 한 명 입양해 가세요. 아체 고아입니다." 하며 웃는다. 우리 는 그렇게 긴장을 달래다가 차를 돌려 로용 마을에 들렀다.

로용 마을의 학교. 교실은 모두 침수되어 부서지고 얼룩 투성이다. 젖은 바닥 에서도 아이들은 책과 공 책 앞에 엎드려 눈을 반짝 였다.

풀마당 교실에 엎드려

마을 입구에 초등학교가 있었다. 아이들은 운동장 바닥에 엎드려 공부를 하고 있었다. 남자 선생들은 삽과 괭이를 들고 학교 복구 작업을 하느라 흙투성이고 여자 선생들은 땀을 흘리며 아이들을 가르치고 있었다.

그런 선생님들의 마음을 아는지 아이들은 어지러운 바닥에 앉아서도 놀라운 집중력으로 공부에 열중하고

있었다. 교실이 없어도 칠판이 없어도 책상과 의자가 없어도, 아체 아이들은 강인한 풀싹처럼 풀마당에 엎드려 젖은 책장을 넘기며 낡은 공책에 또박또박 자신들의 미래를 새로 써 나가고 있었다. 침수되어 부서진 젖은 교실 바닥에서도 아체 아이들은 낮은 포복으로 어둠을 뚫어가는 전사들처럼 책과 공책 앞에 엎드려 의지의 눈빛을 반짝이고 있었다.

나는 여선생에게 이 아이들 중에 누가 고아냐고 살며시 물었다. 모른 체 그 아이 곁에 다가가 놀아 주다가 고아들을 표시 나지 않게 불러 모았다. 다섯 명쯤 되는 고아들과 주위에 보이는 것들을 놓고 시 짓기 놀이를 했다. 한국에서 유행하던 삼행시 놀이 같은 거였다. 아이들은 너무 재미있어하면서 표정이 금세 밝아졌다. 운전기사가 준 새싹이 난 야자열매를 놓고 시 쓰기를 하는데 한 고아 아이의 시 낭송에 나는 그만 눈시울이 젖고 말았다.

바닥에 떨어져 뒹구는 야자열매야
네 작은 싹이 쑥쑥 자라 하늘까지 닿으면
나는 너를 타고 높이높이 올라가
저 먼 땅끝까지 온 세상을 다 볼 거야
그러면 그리운 엄마 아빠를 찾을 수 있겠지

어느 날 엄마 아빠 목소리가 들려 왔어
아가, 이제 그만 땅을 내려다보렴
엄마 아빠 땅바닥이 아니라 하늘에 있어
아가, 너는 알라가 계신 하늘을 향해
저 야자수처럼 굳세게 자라나야지

나는 아이들 손을 꼭 잡아주며 다음에 만날 때까지 우

리 날마다 일기를 쓰자고 새끼손가락을 걸어 약속을
다졌다.

사라진 구호성금

거대한 쓰레기 하치장만 같은 폐허의 지평선에서 재건
의 몸부림이 시작되었다. 여기저기서 쿵쿵 육중한 망
치질 소리가 울려오고 있었다. 끝없는 폐허의 지평선
에는 그늘 한 점 있을 리 없다. 몇 걸음만 걸어도 숨이
헉헉거리고 머리가 어질어질하다. 말 그대로 찌는 듯
한 더위 속에서 말똥구리 같은 막막한 노동의 몸부림
이다. 쿵쿵, 그러나 그것은 무엇을 지어가는 망치질이
아니라 무너진 것을 부숴 가는 허탈한 망치질 소리다.

망치질을 하던 한 남자가 갑자기 흐억, 하는 탄식을
내뱉으며 한참이나 고개를 떨군 채 맥을 놓고 서 있다.
습관처럼 주머니를 뒤지지만 담배 한 대 남아 있을 리
없다. 지금 아체 난민들에게 담배와 커피는 사치품이
되어 버렸다. 나는 담배를 권하며 불을 붙여 주었다.

"하루 종일 무너진 건물을 두들겨 철근을 캐내어 판
다. 이게 바로 내가 살던 집이다. 아내도 아이도 다 잃
어버리고…. 망치질을 하다가도 억장이 무너진다."

그렇게 억장이 무너져 주저앉고, 주저앉았다가 다시
일어나 자기가 살던 집의 잔해를 두드린다. 그렇게 모
은 고철 1kg을 팔면 700루피아, 우리 돈으로 70원쯤
된다. 성인이 하루 종일 일하면 30kg 정도의 고철을
모을 수 있으니 2,000원 정도를 버는 것이다. 이 철근
장사마저 뱃속 큰 중국 화교들의 독차지다. 기가 막히
는 절망의 노동이다.

그는 말했다. "인도네시아 정부는 구호금이나 착복
하며 뒷짐지고 웃고만 있다." 정말이지 정부가 움직인
흔적은 아무 것도 없었다. 천막을 쳐주는 것도 식량을

자기 집의 잔해를 깨트려
건진 철근 몇 가닥이 당장
은 유일한 재기의 밑천이
다. 캐 온 철근을 팔기 위
해 중국계 상인의 저울에
올렸다. 그러나 매겨지는
값은 하루 밥값과 물값 정
도밖에 되지 않는다.

공급하는 것도 세계의 구호단체들이었다. 그나마 그런 구호의 손길도 인도네시아 정부가 조성한 집단 난민촌에만 집중되고 있었다.

　나중에 자카르타로 나와 대통령 수석 등 정부 고위층 인사를 만날 기회가 있었다. 내가 그런 실정을 아느냐 했더니 그들은 '복구에 50년 걸린다'는 둥의 말만 하고 있었다. 무슨 50년? 한국의 건설회사한테 물어본다면 5년이라고 대답할 것이다.

정작 아체 지역의 구호와 복구가 더딘 이유는 따로 있다. 인도네시아 기득권층은 아체 지역민에 대해 매우 냉혹한 정서를 가지고 있었다. "모두 GAM의 동조자들이다. 테러리스트 조직에 동조하는 자들은 다 죽어야 한다."고까지 서슴없이 말한다. GAM은 아체의 독립을 위해 투쟁하는 사람들이다.

쓰나미 참사가 보도되자 세계 각 나라는 두 달 만에 구호지원성금 목표액 97%를 모금했다. 전례 없는 일이었다. 이 돈은 사회기반시설 재건 비용을 제한다고 해도 아체 이재민 1인당 500달러 정도가 돌아가는 액수이다. 그러나 인류가 정성을 다해 보내준 구호성금과 구호품 90%는 어디론가 사라져 버렸다. 쓰나미 현

인도네시아 정부가 복구 지원에 늑장을 부리는 가운데 맨손의 주민들이 복구에 나서 보지만 태산 앞에 말똥구리가 된 것처럼 아득하기만 하다.

장의 난민들에게는 500달러가 아니라 단돈 5달러도
전달되지 않고 있었다. 오늘이 쓰나미 100일째인데도
말이다.

아체와 관련해서는 인도네시아 정부가 발표하는 사
망자 통계마저도 신뢰할 수 없다는 증거가 곳곳에서
보였다. 현장을 다니면서 보니 정부의 발표는 도무지
믿을 수가 없었다. 정부 통계로 50명 죽었다고 하는 마
을에 가서 확인해 보면 120명이 죽은 식이다. 마을 사
람들이 이름까지 기억하는 사람들이다. 그러니 공식
발표 사망자 20만 명, 실종자 10만 명을 그대로 믿을
수 없다. 최하 40만 명은 될 거라고 아체인들은 입을
모으고 있었다.

희망의 깜빙 나누기

제발 아이답게 소리 내어 울어다오

아체에 가기 전 자카르타에서 이미 아체 고아들을 만났다. 인도네시아 사회복지부 장관을 지냈고 이슬람 대학의 총장으로 있는 뚜띠 여사가 운영하는 고아원에서였다. 이곳에 있는 500명의 고아들 중 160명이 이번 쓰나미로 아체에서 온 고아들이다.

　나는 처음에 "뚜띠 총장이 참 훌륭한 일을 했다."는 자카르타 지도층 인사들의 말에 그런 줄로만 알았다. 그런데 아체에 갔더니 얘기가 달랐다. 쓰나미로 마을이 초토화되어 누구도 경황이 없을 때 뚜띠 총장이 아체 난민캠프에 있던 고아들을 자카르타로 데리고 와 버렸다는 것이다. 나중에 이것을 알게 된 아체인들은 분노의 마음을 감추지 않았다. 얼마 전 인도네시아 대통령 부인이 아체 고아 한 명을 입양하겠다고 자카르타로 데려가는 걸 항의해 큰 사회문제가 되기도 했을 만큼 아체인들의 공동체 정신은 남다르다.

식민 본국의 수도 자카르타의 고아원으로 이송된 아체의 고아들. 고아원에서 받은 신발이 아까워 맨발로 지내는 아이들이 많았다.

　아체 고아들 입장에서 보면 식민 본국의 수도에 와 있는 것이다. 아체에서는 아체어를 썼는데 이곳에서는 인도네시아어를 쓴다. 언어 때문에 이중의 고통을 겪는 아이들도 있었다.

"우리의 미래는 어떻게 될까?" 하루 아침에 고아가 되어 아체에서 자카르타로 왔다. 이제 더 이상 아체인으로 살아갈 수 없다. 어제까지 쓰던 아체 말도 쓸 수 없다. 그들은 이제 곧 "우리는 누구일까?"라는 고통스러운 질문과도 맞닥뜨려야 할 것이다.

선물로 준 연필을 받아 들고 한 아이는 편지라도 쓰려는지 모스크 바닥에 배를 깔고 엎드린다. 받아줄 친척이라도 남아 있는 것일까. 나머지 아이들은 슬픈 표정으로 힘없이 흩어졌다.

아이들은 고아원에서 나누어 준 신발을 신지 않고 맨발로 다니고 있었다. 신발을 왜 안 신느냐고 했더니 이제 엄마 아빠가 없고 아는 사람 하나 없는 곳이기 때문에 떨어져도 사줄 사람이 없다면서, 아주 특별한 날만 신을 거라고 말했다. 아이들은 하루아침에 어른이 되어 버렸다.

문화기업 '쌈지'에서 기증한 연필을 아이들에게 나누어 주자 한 아이는 편지라도 쓰려는지 모스크 바닥에 배를 깔고 엎드렸다. 편지를 받아줄 사람이라도 있는 것일까. 친척 하나 남지 않은 다른 아이들은 연필을 꼭 쥐고 우두커니 슬픈 표정으로 앉아 있었다.

아체 고아들에게는 사실상 감독자나 다름없는 직원들이 보이지 않게 되었을 때, 나는 고아들이 생활하는 이 방 저 방을 다니며 아체 출신의 고아들을 만나 보았

다. 건물은 괜찮은데 관리와 처우는 엉망이었다. 아체 고아들을 데려온 뒤 언론보도를 통해 엄청난 성금이 몰려들었다는데…. 가슴이 아팠다. 습기차고 냄새나고 어둑한 방에 아체 고아들은 생기 없는 정물처럼 던져져 있었다.

그들 중에는 이미 성년에 가까운 이들도 있었다. 한 청년이 주위를 살피며 슬그머니 기타를 꺼내들더니 노래를 불렀다. 아체의 노래다. 낮은 목소리로 합창이 시작됐다. 생기 없던 아이들의 눈동자가 반짝반짝 별처럼 살아났다.

오라, 용기를 내라
홀로 어두운 밤을 밝히는
빛나는 동녘별처럼

빛나는 동녘별처럼
내 조국에서 하나둘씩
사라져가는 저 별들, 저 별들,
그러나 두려워 말라
우리는 너를 사랑한다
언젠가 누군가가 너를 따르리라

우리나라 '아침이슬'이나 '광야에서'와 같은 노래인가
보다. 아체 사람들의 국가나 다름없는 냐웡Nyawong 그
룹의 '조국의 꽃'이란다. 2001년 전사한 전 자유아체
운동(GAM) 사령관 압둘라 샤피에Abdulla Syafi'ie에게 바
치는 '유언장'이라는 부제가 붙었다. 이어지는 노래에
는 슴빠꽃이 등장했다. 향기로운 흰 꽃, 아체인의 상징
꽃이다. 슬픈 가사였다.

내가 태어나던 날
아빠는 마당가에 슴빠 나무를 심었죠
내가 첫 걸음마를 시작할 때
슴빠꽃도 첫 꽃을 피웠죠
어느 날 아빠는 군인들에게 끌려가고…
엄마는 슴빠꽃을 따서 무덤에 뿌렸죠
이제 마당가의 슴빠 나무는 쓰러지고
꽃은 떨어져 버렸는데 어찌하나요
꽃은 떨어져 버렸는데 어찌하나요

아체 아이들은 그 노래가 나오자 나직이 따라 부르다
모두 슬픔에 잠기고 말았다.
　여기에서도 아이들은 소리 내어 울지 않는다. 네 살,
다섯 살짜리 여자 아이도 소리 내어 울지 않는다. 오직
기도할 때만 소리 죽여 흐느낀다. 언제 배운 걸까. 누

누군가 아체의 노래를 부르자 아체 출신 고아들은 나직이 따라 부르다 슬픔에 잠겼다.

가 가르친 걸까. 모스크에 앉아 소리도 내지 않고 가만가만 우는 아이들. 나는 아체 고아들과 함께 기도를 드리다 이 아이들은 평생을 저렇게 소리 내어 울지 못할 거라고, 제발 아이답게 엉엉 소리 내어 울어 보라고, 엄마 아빠를 부르며 엉엉 우는 모습을 단 한 번만이라도 보게 해 달라고 속으로 부르짖고 있었다. 아이들이 소리 내어 울기라도 한다면, 그러면 내 가슴이 덜 아플 것 같았다.

그래, 깜빙이다!

나는 고아원에서 무기력하게 지내고 있는 아체 아이들에게 어떻게든 생기를 찾아주고 싶었다. 저렇게 있다가는 체력도 잃고 의지도 잃고 꿈도 잃어버릴 것이다. 어떤 방법이 있을까? 무조건 나누는 것만이 능사는 아니다. 나눔도 '창조적'이어야 한다. 그래서 도착해서부터 학자들이나 현지인들로부터 인도네시아 사정에 맞는 '창조적 나눔'의 방법에 대한 의견을 구해 왔다. 이런저런 견해들이 나왔지만 도무지 아체 고아들의 특수한 실정에 맞지가 않았다. 그러다가 '깜빙이다!' 라는 결론을 얻었다.

인도네시아에서는 염소를 '깜빙' 이라고 한다. 사막 지역에서 양을 소중히 여기는데 여기에서는 깜빙이 그런 구실을 하고 있다. 양고기보다 훨씬 맛있다고 평가된다. 흔히 꼬치구이로 요리되어 누구나 즐겨 먹는다. 뼈도 버리지 않는다. 삶아서 우리 설렁탕처럼 진한 국물을 우려내 먹는다. 가죽도 고급으로 팔린다. 우리 경우로 치면 옛날 암소나 돼지처럼 버릴 것 하나 없는, 항상 현금처럼 통용되는 가축인 것이다. 한 마리에 5만 원쯤 한다.

나에게는 한국에서 모아 간 성금이 있었다. 나눔문화 회원들과 문화기업 쌈지의 '딸기가 좋아'에서 모아 준 것이다. 뚜띠 총장은 내게 성금이 있다는 것을 알고 자꾸만 기숙사 시설을 증축해야 한다는 등의 언질을 주었다. 그럴 만한 돈도 없지만 시설에 투자해 봐야 고아원 것이지 아이들 것은 아니다. 나는 금액이 적더라도 아이들에게 직접 도움이 되는 선택을 하고 싶었다.

그런 생각 끝에 내린 결론이 깜빙이었다. 이 고아들에게 깜빙을 한 마리씩 사줄 수 있다면 얼마나 좋을까 싶었다. 학교 수업이 끝나면 깜빙을 몰고 꼴을 먹이러 다닌다. 깜빙은 한국의 염소와 달리 예쁘장하게 생겼다. 아이들이 무척 좋아한다. 게다가 어떤 풀이든 잘 먹고 잘 자라 기르기도 쉽다. 깜빙은 금방 자라 새끼를 낳는다. 그러면 아이들에게 자기만의 재산이 생기는 것이다. 그러는 동안 아이들은 체력도 좋아지고 상처받은 마음도 치유되고 새로운 희망을 가질 수 있을 것이다.

아이들에게 깜빙 100마리를 전달하기로 하고 아이들이 모두 참석한 자리에서 발표했다. 그것이 알려지 깜빙은 항상 현금처럼 통용되는 인도네시아 염소다. 귀여워서 아이들이 좋아하고 기르기 쉽다. 실의에 빠진 아체 고아들이 깜빙을 한 마리씩 갖게 된다면 스스로 사랑과 희망과 재산을 기르게 될 것이다.

자 아이들이 너무 좋아했다. 아이들이 너나없이 나에게 다가와 손을 잡더니 자기 얼굴로 당겨가 손등에 입술과 코를 댔다. 아체에서는 그것이 경의를 표하는 인사란다. 그 인사를 받을 것은 내가 아니라고 했더니, 그럼 한국인들에게 자기 인사를 전해 달라고 했다. 나는 고아원에 도착한 첫날 아이들을 울린 죄가 있는데 그 미안함이 조금은 가시는 것 같았다.

우리 많이 울고 많이 아파하자

고아원에 도착하던 날이었다. 나를 환영하는 기도회가 500명의 고아 아이들 모두가 참석한 자리에서 열렸다. 그때 아체의 고아들이 시를 낭송하고 노래를 불렀다. '엄마 아빠, 어디에 계신가요? 보고 싶고 울고 싶고 안기고 싶어요.' 하는 그 내용 때문에 나도 모르게 그만 눈물을 보이고 말았는데, 그 바람에 아이들의 조용한 흐느낌이 일어나고 말았다. 그 뒤에 내가 인사말을 해야 하는 순서가 왔다.

"많이 힘들고 슬프죠? 나도 여러분처럼 어려서 아빠를 잃고 가난하게 자랐어요. 그래서 여러분의 아픔을 조금이라도 나누고 싶어 먼 코리아에서 이렇게 달려왔어요…. 하지만 나는 지금까지 여러분을 찾아온 다른 분들처럼 훌륭한 사람은 아니에요. 그래서 미안한 마음입니다."

이 고아원에는 최근 인도네시아 대통령을 비롯한 여러 나라의 쟁쟁한 인사들이 자주 다녀갔다고 한다.

"나는 가난과 슬픔이 무언지를 알기에, 훌륭한 사람이 되기보다는 나처럼 가난하고 슬픈 사람들과 함께 잘 나누고 서로 위하면서 사는 사람이 되어야겠다고 생각했어요. 코리아도 힘센 일본의 식민지를 겪었습니다. 또 군인들의 독재도 겪었어요. 군인들의 독재에 맞서 자유를 달라고, 평등을 달라고 하다가 저는 고문도 당하고 감옥살이도 했답니다."

아이들의 젖은 눈이 초롱초롱 빛나기 시작했다. 그러나 앞에 앉은 고아원 관계자들은 긴장된 표정이 역력했다.

"여러분이 지금 겪고 있는 말 못할 슬픔과 아픔을 코코넛처럼 깨끗이 떨쳐낼 수 있다면 얼마나 좋을까요? 하지만 그 슬픔과 아픔은 여러분의 힘이 될 거예요. 저

"엄마 아빠, 어디에 계신가요? 보고 싶고 울고 싶고 안기고 싶어요." 아체의 고아들이 가슴아픈 내용의 노래를 불렀다.

는 세상에서 가장 큰 힘은 '슬픔의 힘'과 '가난의 힘'이라고 생각해요. 그 힘은 우리를 하나로 이어 줍니다. 하느님도 그 속에 계시고, 먼저 가신 부모님도 여러분께 그 힘을 선물로 남겨주신 거라고 생각해요. …우리 많이 울도록 해요. 눈물이 우리를 서로 이어줄 거예요. 그리고 많이 아파해요. 고통이 서로를 어루만져 줄 거예요. 그래서 우리가 서로를 따뜻이 껴안을 수 있게 되었을 때, 엄마와 아빠, 그리고 하느님도 몰래 우리 곁에 와서 우리를 꼭 안아 주실 거예요."

숨죽여 듣고 있던 아이들이 하나둘 울기 시작하더니 이내 소리없는 울음바다를 이루고 말았다. 그때까지 잘 참고 견디던 아이들의 울음보를 내가 그만 터트려 버린 것이다.

아체의 어린 꽃들

아버지 어머니 어디에 있나요
보고 싶고 울고 싶고 안기고 싶어요
만일 생존해 있다면 어디에 계신가요
만일 돌아가셨다면 무덤이 어딘가요
내가 자라 성인이 되면 무덤을 찾아가
꽃을 바치고 기도를 드려야 할 텐데

슬픔은 우기처럼 쏟아져도
나에게는 비를 가릴 처마 하나 없어요
고통은 건기처럼 내리쬐도
불볕을 피할 나무 그늘 하나 없어요
우리 삶의 길은 하느님이 정해 놓으셨으니
비록 어려울지라도 하느님이 원하신 대로
참고 견디며 살아가야 하는 건가요

아체의 언덕에 피어난 어린 꽃송이들
꽃은 피지도 못하고 떨어져 버렸어요
파도에 살아남은 작고 어린 꽃송이들
그 꽃은 이제 향기가 나지 않아요
바람에게 향기도 전해주지 못한 채
이대로 울다 시들어 가야 하나요

하느님, 우는 아이를 내버려 두지 마세요
넘어진 아이를 그대로 두지 마세요
당신마저 저를 내버려 두신다면
어린 몸에 돌을 지고 어디로 가야 하나요
쓰나미가 모든 것을 쓸어 갔을지언정
저는 아직 작은 손을 흔들고 있어요
저를 혼자 울게 내버려 두지 마세요
저를 혼자 울게 내버려 두지 마세요

울렐르 마을 사람들

쓰나미 정치와 무관심의 정치

각 나라에서 온 구호단체의 활동은 주로 인도네시아 정부가 조성한 난민촌에 집중되고 있었다. 난민촌 남자들에게는 무기력한 기운이 흐르고 있었다. 자활의지나 생기 같은 것이 느껴지지 않는 것이다.

그럴 수밖에 없었다. 난민촌은 바닷가 자기 집터와 생계터전에서 한두 시간씩 멀찍이 떨어진 곳이다. 인도네시아 정부는 2차 쓰나미에 대비하기 위해서라고 하지만, 이곳에서 그들이 할 일이라곤 아무것도 없다. 난민들은 수동적으로 주는 것을 받아먹기만 하다 보니 배급 이권 다툼에나 관심이 갈 수밖에 없다.

그렇게 100일이다. 그들은 무기력 상태에 빠져 자활의지도 노동의욕도 사라지고 근육마저 풀려 가는 전형적인 노숙자 증세를 보이고 있다. 아체인들의 쓰러진 삶을 뿌리까지 박탈하려는 게 인도네시아 정부의 저의가 아니라면 이럴 수 있을까. 모든 것을 잃어버린 이재민들을 하루빨리 일상으로 되돌려 주는 게 정부나 구호기관의 첫 번째 임무가 아닌가.

반면 쓰나미가 휩쓸고 간 자기 집터에서 천막을 치고 마지막 삶의 터전을 지켜 보려는 사람들은 불법점

거자인 양 밀려나고 있었다. 아예 구호품 지급 대상에서 제외시키는 것이다. 그들을 몰아내고 깨끗이 정리해서 새로운 리조트로 재개발하겠다는 것이 지배자들의 생각이란다. 마치 그것을 증명이라도 하듯이, 마을 사람들이 난민촌으로 밀려나기가 무섭게 인도네시아 군대나 무장 경찰의 막사가 그 자리를 차지하고 들어선다. 주민들은 이 모든 사태를 한마디로 '쓰나미 정치'라고 분개하고 있었다.

인류가 보내준 수조 원의 돈과 각국의 구호단체 직원과 봉사자들이 몰려들었지만 진정한 자활의지를 가진 피해자들은 그런 구호의 손길에서 멀리 있는 것처럼 보였다. 긴급구호는 절대적으로 필요하고, 그들의 선의와 노력은 물론 소중하지만, 그 사회 구조악의 실체를 직시하지 못한 채 물량적 선심에 머무르고 마는 자선은 진지한 성찰을 필요로 한다는 생각이 들었다. 뜨겁다고 다 사랑은 아닐 것이다. 그가 원하는 사랑이 아니라 내가 원하는 사랑만으로 뜨겁다면, 아무리 뜨거워도 그것은 결국 나를 위한 사랑밖에 되지 않을 것이다. 사회적 사랑에는 진정성은 물론 정치 현실에 대한 냉철한 인식도 함께 요구된다는 생각이 들었다.

저명한 긴급구호단체 요원과 잠깐 함께 했는데 그 시간이 나에게는 너무나 괴로웠다. 세련된 용모의 여성과 남성이었다. 국제적으로 잘 알려진 마크가 선명히 새겨진 좋은 차를 타고, 그 와중에도 뉴욕이나 서울 거리에서와 다름없는 패션을 하고, 자신들의 일에 자부심 넘치는 포즈로 절망에 빠진 사람들을 안고 사진을 찍어 대며 실적을 기록하고 있었다. 그리고 "나는 이 일을 내가 행복하니까 한다."며 긴급구호의 프로다운 태도를 거침없이 내보였다. 그들은 시종일관 무엇이 그렇게 '해피'한지 알 수가 없었다. 그들에겐 그것

구호 활동은 주로 인도네시아 정부가 조성한 난민촌에만 집중되고 있었다. 생계터에서 먼 이곳에서 난민들은 배급품을 다투는 일 외에 아무것도 할 일이 없어 오히려 자활 의지를 잃어 가고 있었다. 반면 자활 의지를 갖고 생계터를 지키는 사람들에게는 구호의 손길이 미치지 않았다.

이 '직업'이었기 때문이었을까.

나는 그들에게 말했다. "이것은 아체 난민들을 진정으로 돕는 게 아닌 것 같다. 결과적으로 아체인들의 자활의지마저 없애려는 세력들의 정책에 동조하는 것이 되지 않겠는가? 이렇게 무기력증 속에 방치한 채 배급만으로 살아가게 한다면 아체인들에게 무슨 미래가 있겠는가? 스스로 일하게 하고 일어서게 해야 하지 않겠는가? 그것이 성금을 모아 보낸 이들의 진정한 뜻이라고 생각한다."

그들은 귀찮다는 듯이 "우리는 구호의 전문가들이다. 우리에게 정치 얘기를 하지 말라. 우리는 정치와 무관하다."는 대답만 하고 있었다. 그들은 정치에 무관하다고 하지만 '쓰나미 정치'가 벌어지고 있는 아체에서 사실상 '무관심의 정치'를 하고 있는 셈이다. 중력의 법칙을 의식하지 않는다고 해서 중력을 벗어나 허공을 걸어다닐 수 있을까.

나는 난민촌의 청년들을 만날 때마다 자기 마을터로 가서 스스로 일어서야 하지 않겠느냐고 계속 이야기했다. 그 때문인지 비밀경찰이 따라붙었다. 나는 청년들에게 울렐르 마을을 아느냐, 울렐르 마을에 가 보라고 말했다. 나는 거기에서 작은 희망을 보았기 때문이다.

울렐르 마을 사람들은 울지 않는다

울렐르 마을은 지진이 발생한 수직단층 바로 곁에 위치한 마을이다. 가장 먼저 지진해일이 덮치고 가장 처참하게 파괴된 마을이다. 아름다운 풍광으로 아체인들의 추억이 깃든 그 해변 마을은 이제 상처 난 모스크 하나만 남은 폐허로 변했다. 850명 주민 중 115명만 살아남았다. 내가 찾아간 날도 검은 비닐봉지에 담은 주검을 파묻고 있었다.

울렐르 마을. 아체인들의 추억이 어린 아름답던 이 해변 마을은 이제 상처 난 모스크 하나만 남은 폐허로 변했다.

울렐르 마을에는 심상치 않은 기운이 감돌고 있었다. 나는 그 느낌 때문에 그 마을을 여러 번에 걸쳐 찾아갔다. 울렐르 마을 청년들은 정부가 조성한 난민촌으로 들어가지 않고 폐허가 된 자기 마을터에 천막을 친 채 버티고 있었다. 당연히 구호물자도 받지 못한다. 무너진 집터에서 철근을 캐내어 하루 2,000원의 돈을 버는 모습은 여느 마을과 다를 바 없었다. 그러나 특이한 점은 다른 마을과 달리 그 일을 공동으로 하면서 공동체 재산을 모으고 있다는 사실이었다. 그리고 마을 시설을 하나씩 재건해 나가고 있었다. 마을에 단 하나 남은 그물로 물고기를 잡아와 공동취사를 한다. 살아남은 청년들은 포크레인을 빌려와 구덩이를 파서 마을 사람들의 주검을 묻고 묘지를 조성하고, 우물에 가득한 진흙더미를 퍼내고, 마을에서 유일하게 남은 건물인 벽 뚫린 모스크에 모여 마을회의를 한다.

거기서 넨 샤팟 Nen Syafaat 이라는 25세의 청년을 만났다. 먼 곳에서 오느라 얼마나 배고프겠냐며 마침 식사 때니 함께 밥을 먹자며 손을 이끈다. 찢어진 천막으로

들어가니 하루 종일 망치질로 시멘트 덩이를 깨어 고철을 캐던 젊은이들과 무너진 부두를 세우던 마을 사람들이 모여든다. 우리는 함께 밥을 먹었다. 이럴 때일수록 밥을 맛있게 먹어야 한다고, 죽은 사람들 몫까지 먹고 힘내자며 서로들 농담을 건네며 밥을 더 권한다. 천막 안은 찜통 같았다. 밥을 먹는 입 속으로 땀줄기가 계속 흘러든다. 비닐 튜브에 든 냄새 나는 식수도 모자라 아껴서 마셔야 했다.

　마을 사람들은 아체 식으로 손가락으로 밥을 비며 맛있게 먹는 나에게 자꾸만 미안해했다. 쓰나미만 아니었다면 신선한 생선도 내놓고 식사 후에도 달콤한 과일과 유명한 아체 커피를 대접할 텐데, 형편이 이래서 미안하다는 것이다.

　넨 샤팟은 명석한 친구였다. 인도네시아 정부는 바다 위에 군함이나 띄워 놓고 자유아체운동하는 아체인이 미워서 100일이 지나도록 식량 하나, 약품 하나 지원 없이 아무것도 하지 않고 웃고만 있단다. 그들이 쓰나미 앞에서 웃는데 우리가 울 수 있느냐고 언성을 높

"우리더러 거지가 되라는 말입니까?" 울렐르 마을 사람들은 인도네시아 정부가 조성한 난민촌으로 들어가지 않고 폐허가 된 마을을 스스로 재건하기로 했다.

이다가, 젖은 눈빛으로 먼 수평선을 바라보았다. 울렐르 마을 앞바다에는 거대한 인도네시아 군함이 지켜보고 있었다.

나는 그에게 물었다. "왜 난민촌으로 들어가 구호를 받지 이렇게 힘들게 버티고 있나? 물도 공급받지 못하고 이러다 마을 사람들 다 쓰러지지 않겠는가?"

그는 말했다. "우리더러 거지가 되라는 말입니까? 우리가 여기를 떠나 버리면 그건 인도네시아 정부가 원하던 것을 해 주는 겁니다. 우리는 일을 해야 합니다. 우리 자신의 힘으로 일어설 겁니다. 인도네시아 정부는 절대 안 해 줍니다. 그들의 관심은 우리를 몰아내는 데 있을 뿐입니다. 우리는 믿지 않습니다. 돈 가진 자, 많이 배운 자, 성직자, 그들에게 의지해서는 되지 않습니다. 그들은 와서 항상 모스크 이맘성직자만 상대하고 성금도 그들에게만 줍니다. 주민 없는 모스크가 무슨 의미가 있습니까. 주민들을 무시하고 이간질하고 협박하는 존재들일 뿐입니다. 우리는 기어이 스스로 일어설 겁니다. 우리가 일어서지 않으면 아체 전체가 무너집니다."

울렐르 마을 사람들은 어떤 사명감을 느끼고 있었다. 폐허 위에서 35명의 주민이 남아 찢어진 천막에서 공동 거주를 하며 버틴다. 그는 물과 천막만 해결되면 난민촌으로 들어갔던 주민들도 돌아오기로 했다고 말했다. 나는 주민들과 이야기를 해 보고 싶었다. 결과적으로 내가 주민회의를 소집한 셈이 되었다. 하지만 처음에 나타난 사람들은 남자들뿐이었다. 토론에는 남자들만 참여한다는 설명이었다. 나는 말했다. "마을 전통은 존중합니다. 그러나 이런 때에 여성들이 참여하지 않으면 되겠습니까? 미래의 아체는 달라야 하지 않을까요? 여성들이 하늘의 절반이고 아체의 절반입니

다. 앞으로 여자들도 회의에 참여하는 새로운 전통을 울렐르 마을에서부터 만들어 보면 어떨까요?" 그들은 하나둘 고개를 끄덕였다. 여성이 마을회의에 처음 참여한 자리에서 많은 논의가 이루어졌다. 막상 회의가 열리자 여덟 명밖에 안 되는 여성들이 발언을 주도하다시피 했다. 더워도 물은 꼭 끓여먹자, 마을 텃밭을 가꾸자, 간이 세면장에서 남녀 사용시간을 지키자 등등의 좋은 의견들이 쏟아져 나왔다. 나는 내친 김에 앞으로 울렐르 마을 회의에는 여성이 반드시 참여하게 하자는 제안을 했고 청년들은 흔쾌히 약속을 했다.

"우리가 키울 겁니다. 한국에서는 이런 아이들을 고아원으로 보냅니까?" 남아 있는 주민 속에는 고아 셋도 포함되어 있었다.

한국에선 이럴 때 고아원에 보내나요?

35명의 주민 속에는 고아도 셋 포함되어 있었다. 나는 처음부터 그 고아들에게 계속 마음이 가 있어 "이 아이들을 어떻게 할 건가요? 이 아이들은 고아원으로 보내 보살핌을 받도록 해야 하지 않을까요?"라고 물어 보았다.

"무슨 말입니까? 아이들을 고아원에 보내면 낯선 환

경에서 기가 꺾이고 외로움에 병들어 꿈이 없어집니다. 이 아이들은 우리 마을의 아이들입니다. 우리는 이 아이들을 잘 압니다. 내 자식 남의 자식 구분 없이 잘 키울 수 있습니다. 박 선생님, 한국에서는 이런 경우 고아원으로 보냅니까?"

그 말을 듣자 나는 부끄러운 느낌이 들었다. 우리가 잃어버린 따뜻한 공동체 정신을 거기에서 다시 만난 듯했다. 가난해도 함께 하는 따뜻한 공동체 정신 말이다. 인간은 어떤 흔들리지 않는 공동체의 소속감이 있을 때 그 존재의 뿌리를 삶의 대지에 굳게 내릴 수 있는 것이 아닌가. 그리고 보니 아이들은 여느 고아답지 않게 마을 사람들 속에서 익숙하고 쾌활하게 놀며 심리적 안정감을 보이고 있었다.

내가 그 고아들을 위해서 한국인들의 성금을 조금이라도 전달하고 싶다고 했더니 이런 말을 해서 가슴을 찡하게 했다.

"아, 그 돈 받지 않겠습니다. 이 아이들은 우리 모두의 자식입니다. 굶어도 같이 굶고 커도 같이 크게 할 겁니다. 그런데 박 선생님, 정말 한국에서는 고아들을 그렇게 합니까?"

가장 절실한 숙원사업이 무엇인지 논의에 들어갔다.

"우물이 필요합니다. 물만 있으면 난민촌에 임시 의탁하고 있는 마을 사람들이 돌아와 재건 속도가 빨라지고, 우리를 밀어내 마을을 빼앗으려는 인도네시아 정부를 막아낼 수 있습니다. 물만 있으면 됩니다."

울렐르 마을 주변의 모든 우물이 오염됐다. 깊은 지층의 암반수를 퍼올려야만 식수로 쓸 수 있다. 성금 중 일부로 우물을 팔 비용을 전달했다.

울렐르 마을. '깨달음의 마을'이라는 뜻이란다. 그들은 진정 울렐르, '깨달음'의 사람들이었다.

사라져간 아체의 별들

그들은 두 번 죽었다

아체 강 다리 위를 지나다 보니 반쯤 파괴된 관공서 같아 보이는 거대한 건물이 보인다. 본능적으로 온몸이 오싹했다. 가서 보니 감옥 팻말이 붙어 있는 것이 아닌가. 지금까지 내 인생에서 한 군데에서 가장 오래 산 곳이 감옥이다. 어느 나라에 가건 육중한 감옥만 보면 음산한 독방 창살이 보이고 그 안의 핼쑥한 양심수가 보인다.

감옥에도 쓰나미는 닥쳤다. 많은 정치범을 수용하고 있던 이 감옥도 지진해일에 휩쓸려 파괴되고 말았다. 그 정치범들은 거의 한 명도 살아나오지 못했다. 창살을 보자 그 속에 갇힌 채 몰려오는 쓰나미에 절규했을 그들의 공포가 온몸으로 느껴져 왔다. 시멘트 덩이가 후두둑 떨어지는 계단을 올라 처참한 흔적의 감옥 방들을 돌아다녔다.

막다른 2층 방문을 여니 시멘트벽이 갈라지며 떨어져 내린다. 그냥 돌아서려는 순간, 눈을 잡아끄는 것이 있었다. 축축한 바닥 위에 아무렇게나 흩어져 있는 사진들. 구속된 양심수들의 사진이었다. 체포되어 참혹한 고문 끝에 입감되면서 찍힌 사진들이다. 사진 속 팻말에는 KUHP라는 죄명이 적혀있다. 우리나라 국가보

정치범들이 수용되어 있던 감옥에도 쓰나미가 닥쳤다. 쓰나미가 덮쳐 올 때 감옥 문은 굳게 잠겨 있었다.

안법과 같은 정치범 표시다.

무너진 감옥 바닥에는 아체 양심수들의 사진이 흩어져 있었다. 그들은 두 번 죽었다. 계엄령에 죽고, 쓰나미에 죽고.

사진 속의 공포 어린 얼굴 표정들을 보자 15년 전 나 자신의 악몽이 그대로 되살아 왔다. 안기부 지하 밀실에서 24일간의 고문 끝에 감옥에 입감되면서 나는 수번이 적힌 팻말을 들고 사진을 찍었다. 그때 내 사진도 이렇게 살벌할 것이다.

쓰나미가 안겨준 고통에 허덕거리는 아체인 누구도, 심지어 가족마저도 이들의 참상을 챙기거나 원혼을 달랠 여력이 없다. 정부에서도 수습은커녕 뒷정리조차 않고 있다. 이 현장을 누구 하나 찾아보지도 않는다. 나는 젖은 흙바닥에 흩어진 사진들을 주워서 흙먼지를 손으로 닦았다. 사진 한장 한장의 얼굴에서 들려오는 최후의 절규가 쟁쟁했다.

밖에서는 운전기사가 위험하다고 빨리 떠나자고 재촉이다. 계엄군과 무장 경찰이 도로를 누비고 있다. 나는 그 사진들을 모셔오기로 했다. 장갑차가 지나간 틈을 타 재빨리 감옥을 벗어났다. 아체 강가에 앉아 담배를 한 대 피워 물자 비로소 눈물이 흘러내렸다. 가방 속에서 사진 하나를 꺼내 들었다. 너는 두 번 죽었구나…. 쓰나미에 죽고, 계엄령에 죽고. 너의 꿈은 어찌 되었는가. 너의 절규는 어찌되었는가. 이름없는 땅에서 물줄기를 이룬 아체 강은 무심히 바다로 바다로 흘러가고 있었다.

츳 누라시킨을 찾아서

'아체의 별' 중에서 사실 가장 만나고 싶었던 한 사람이 있었다. 츳 누라시킨Cut Nurasyikin, 51세 여사다. 라자와리 호텔의 경영자인 그녀는 아체에서 더 부러울 것 없는 부유층이었다. 남편은 인도네시아 호텔협회 회장까지 지냈다. 그러나 그 자신 가난한 집안에서 태어나 대학도 못 다닌 채 하루에 200원, 300원을 버는 작은 커피집에서부터 시작해 큰 성공을 거두었고, 젊은 아체 여성들의 선망의 대상이 되었다. 자신의 성공이 많은 사람들의 도움 속에서 가능했다는 생각에 그녀는 가난한 아체 마을들을 찾아다니며 자선을 해 왔다.

가난한 산간 마을을 찾아갔을 때 그녀는 주민들로부터 이런 말을 듣는다. "츳 여사님, 저희에게는 빵과 약품도 필요하지만 그것이 없어도 저희는 어떻게든 살아갑니다. 계엄군에게 우리 마을 사람들이 날마다 끌려가 학살당하고 있습니다. 우리 아이들이 밤마다 공포에 떨지 않고 살 수 있게 좀 도와 주세요." 가는 곳마다 이런 호소를 접하자 그녀는 많은 고뇌 속에서 오랫동안 울면서 기도했다. 마침내 그녀는 결심했다. 우리 식으로 말하면 소위 운동권이 되기를 자청한 것이다. 그녀가 자유아체운동에 나서자 인도네시아 정부는 남편을 협박하기 시작했고 결국 그녀는 모든 재산을 포기하고 이혼을 선택한다. 츳 누라시킨은 미모와 지성,

아체의 별 춧 누라시킨. 지성과 덕성을 겸비해 아체인들의 존경과 신망을 받던 자유아체운동의 정
신적 리더였다. 아체가 독립되면 최초의 멋진 여성 대통령이 될 것으로 기대되던 인물이다.

글로벌 마인드와 경영 마인드를 겸비한 데다 언제나 겸손한 웃음을 잃지 않는 자애로움까지 갖추어서 많은 사람들의 존경과 신망을 받기 시작했다.

춧 누라시킨이 운영하던 라자와리 호텔. 그녀의 흔적은 찾을 수 없고 무장 경찰들만이 포진하고 있었다.

그녀는 1999년 11월 9일, 아체 역사상 최대 인파가 모인 집회에서 아체의 진로에 대한 유명한 연설을 한다. 아체 분쟁을 해결하기 위해 '독립'이냐 '자치'냐 '연방'이냐 중에 평화적인 주민투표로 결정하자는 정치적 비전을 처음으로 내놓은 것이다.

끝없는 전쟁과 학살 국면에서 아체인 모두가 바라는 춧 여사의 '주민투표' 제안은 열광적인 지지를 얻었고 인도네시아 정부를 압박해 들어갔다. '산악에는 GAM, 거리에는 춧 누라시킨'이라는 유행어를 낳으며 아체인의 희망의 한 상징이 되었다.

그러나 2003년 5월, 아체가 '군사작전 지역'으로 선포되고 엄청난 공습이 시작되면서 춧 여사는 계엄법 위반으로 체포되어 11년형을 받고 수감되었다.

춋 누라시킨 여사가 운영하던 라자와리 호텔을 찾아
갔다. 그러나 춋 누라시킨 여사의 흔적은 찾을 수 없고
무장 경찰들만이 포진하고 있었다. 쓰나미로 인해 침
수된 호텔의 집기들이 길거리로 쏟아져 나와 있었다.
춋 누라시킨 여사를 찾으려고 일대를 돌아다니며 탐문
을 했다. 그러나 주민들은 주위를 살피며 굳게 입을 다
물다 피해버렸다. 그녀에 대해 말하는 것만으로도 위
험한 상황에 처할 수 있다는 눈치였다. 그때 한 아주머
니가 뭔가 눈으로 말하는 듯했다. 나는 그 아주머니가
걸어간 골목길을 따라 무너진 대문 안으로 들어갔다.
아주머니는 부엌문을 닫아걸더니 낮은 목소리로 그녀
는 이미 죽었다고 말하는 것이었다.

"죽었다구요? 언제 죽었습니까?"

"저도 잘 모릅니다. 아마 쓰나미 때….”

"남은 가족은 없습니까?"

그랬더니 그녀는 "저기 길 건너 집에 아들이 와 있다
고 들었습니다.” 하면서 빨리 피하는 게 좋겠다고 사정
했다.

여기저기 물어물어 춋 누라시킨 여사의 아들 알람샤
의 전화번호를 알아냈다. 알람샤는 전화 통화에서 우
리를 몹시 경계하는 듯했다. 오랜 시간 탐색한 끝에 알
람샤는 바이투라만 모스크 뒤에서 만나자고 했다. 멀
리서 약속대로 운동모자를 쓴 잘생긴 청년 하나가 걸
어왔다. 서로 뒤를 살피다 우리는 악수를 하자마자 차
를 몰아 달리기 시작했다. 알람샤는 전속력으로 이 골
목 저 골목으로 달리다 반다아체 교외의 어느 깊숙한
찻집으로 우리를 데려갔다. 알람샤는 스무 살의 청년
이었다. 미국에서 5년 동안 노동자로 일하다 얼마 전
막 귀국했단다. 그로부터 참으로 안타까운 이야기를
들었다.

쓰나미가 닥치기 직전인 2004년 12월 25일, 미국에 있던 알람샤는 감옥에 있는 춧 누라시킨 여사로부터 전화를 받았다.

"알람샤! 메리 크리스마스! 내일이면 자유의 몸이 될 것 같아. 그런 예감이 강하게 들어. 귀띔도 있었구!" 당시 제네바에 있는 아체 망명정부에서 인도네시아 정부와 평화협상을 진행 중이었다. "그래서 같은 감옥에 있는 100명의 정치범 여학생들하고 깜빙 두 마리를 잡아 깐두리 잔치를 하기로 했단다. 27일이 내 생일이잖니." 깐두리 잔치는 우리 식으로 말하면 나눔 잔치다. "알람샤, 엄마는 살도 많이 빠지고 머리도 허리까지 자라서 아주 예뻐졌단다. 너도 깜짝 놀랄 걸. 네가 미국에서 사 보내준 하얀 실크드레스를 입고 내 생애 가장 기쁜 생일잔치를 할 수 있을 것 같아. 곧 아체가 자유를 되찾게 될 거야. 수많은 외국인들이 몰려와서 아체의 진실을 알게 될 거고 틀림없이 아체의 자유도 지원할 거야. 그럼, 우리 다시 멋지게 만나자." 춧 누라시킨은 지금까지 들어 본 가장 밝은 목소리로 소녀처럼 말했단다.

바로 그 세 시간 뒤, 쓰나미가 몰아닥쳤다. 아체가 독립되면 인류는 정말 매력 있고 감동적인 여성 대통령을 보게 될 것이라고 기대되던 인물이 그렇게 허무하게 사라졌다. 수많은 외국인들이 몰려들게 된 것만큼은 그녀의 말이 옳았다.

미완성 자수

알람샤에게 그녀가 갇혀 있던 감옥을 찾아가 추모를 드리고 싶다고 했다. 알람샤는 고개부터 설레설레 흔들었다. 마음은 고맙지만 너무 위험한 시도라고 만류했다.

춧 누라시킨 여사의 아들
알람샤. 비밀경찰을 따돌
리기 위해 한참 돌아다닌
뒤 한적한 찻집에 자리를
잡고서야 그는 비로소 어
머니에 대해 입을 열었다.

춧 누라시킨의 죽음을 아체인 누구도 알지 못하고
있었다. 세계의 어떤 언론도 그 현장을 찾아보지 못했
다. 아니 알 도리도 없고 알 겨를도 없었을 것이다. 언
론보도는 물론 입소문까지 봉쇄되어 있는 아체의 상황
이다. 알람샤를 설득해 다음날 감옥 현장과 묘지를 찾
아가기로 하고 서로 몸조심하자고 당부한 뒤 헤어졌다.

여성정치범들이 수용되어 있던 아체 해변 로크나앙
감옥터 역시 처참한 폐허가 되어 있었다. 어떻게 그 육
중하고 거대한 감옥이 이처럼 철저히 파괴될 수 있을
까. 살벌한 분위기만은 여전히 그 폐허를 감돌고 있었
다. 벽돌 더미로 언덕을 이룬 잔해 속에 여성정치범들
의 속옷과 신발과 책들만이 참혹한 최후처럼 흩어져
있었다.

알람샤는 넋을 잃은 듯 무너진 벽돌 위에 주저앉아
있다. 알람샤에게 담배를 권했다. 고개를 저으며 담배
를 피워본 적 없다고 하더니 한 대 피워 보겠다고 한
다. 알람샤는 담배를 한 모금 빨아들이더니 마구 기침

어떻게 그 육중하고 거대한 감옥이 이처럼 철저히 파괴될 수 있을까. 알람샤는 넋을 잃은 듯 무너진 벽돌 위에 주저앉았다. 어머니가 머문 흔적은 찾을 수도 없었다.

을 하면서 소리 죽여 오열하기 시작했다. 나는 가슴이 미어지는 것만 같아 연신 줄담배를 피우다 감옥터 여기저기를 걸어다녔다.

　무너진 벽돌 틈에서 눈을 끄는 유품 한 점을 집어들었다. 미완성 자수였다. 여성 정치범들이 한땀 한땀 정성들여 수놓아 가다 완성하지 못한 채 거대한 파도에 휩쓸려 가 버렸다. 나는 그 미완성 자수를 들고 그들이 새겨나가던 문구를 읽다 그만 통곡을 하고 말았다.

여성 정치범들이 수용되어 있던 로크나앙 감옥터의 잔해 속에서 나온 미완성 자수. '천지를 창조하신 하느님께 감사합니다'라는 문구를 새겨 나가고 있었다.

　하롭빌 알라민 알 함두릴라
　천지를 창조하신 하느님께 감사합니다

차라리 그 문구가 '자유아체운동 만세!' 라든지 '우리는 승리한다!' 와 같은 것이었다면 나는 그렇게 통곡하지 않았으리라. 그들은 이미 절망을 보고 있었다. 자유와 독립을 얻으리라는 승리의 전망은 어디에서도 찾을 수 없다. 그들이 마지막으로 붙들고 의지할 수 있는 것은 오직 하느님뿐이었다.

압도적인 무력과 외교력을 가진 인도네시아는 아체를 결코 내어주지 않을 것이다. 동티모르처럼 독립을 허락하기에는 아체에 자원이 너무 많다. 이슬람 최대 인구의 나라라는 인도네시아의 위상 때문에 이슬람권은 침묵하고, 기독교권인 미국과 서구는 종교적 분쟁을 피한다는 미명 아래 인도네시아 군부와 결탁하여 자원 수탈과 무기 수출이라는 '국익'을 노리며 또 외면하는 사이, 자유아체운동은 자꾸만 절망의 늪으로 빠져들 수밖에 없다.

아체의 수도 반다아체는 손바닥만한 곳이다. 30분이면 다 둘러볼 수 있는 이 도시에 수만 명의 인도네시아 계엄군과 경찰과 민병대가 깔려 있다. 주민 인구보다 많은 총구들. 밤마다 누군가는 끌려가고 누군가는 총살되고 아이들은 울부짖는다. 이런 곳에서 어떤 저항이 가능할 것인가? 오직 저 먼 산악 밀림의 고독한 게릴라들만 상징처럼 움직이고 있을 뿐이다.

여자들은 철이 들고 대학을 들어가기가 무섭게 '이농발' 여성전사이 되어 밀림 속으로 들어가는 대열에 선다. 어차피 아체는 인재들이 기를 펼 수 있는 사회가 아니다. 제 정신으로는 숨조차 쉬기 어렵다. 아체 아이들은 웃으면서 이야기하지 않는다. 성년만 되면 목소리부터 바닥으로 깔린다. 거대한 전사회적 공포가 아체를 무겁게 짓누르고 있다.

젊음은 치욕이고, 사랑도 배신이 되고, 우정마저 밀고로 변하는 폭압의 세상. 감옥에 갇힌 그들이 마지막으로 붙들고 의지할 것은 오직 하느님밖에 없었다. 물방울로 바위를 치는 듯한 자유아체운동. 그들의 절망, 그들의 고독, 그들의 슬픈 의지가 그 미완성 자수 속에 사무쳐 있어 나는 통곡을 참을 수가 없었다.

그렇게 외롭게 투쟁하던 그들은 갇힌 몸이 되어 꼼짝없이 쓰나미 참사를 당했다. 쓰나미가 닥치기 30분 전, 계엄군과 무장 경찰은 감옥 문을 잠그고 빠져나갔다고 한다. 몇 번의 지진이 감옥을 흔들고 거대한 해일이 몰아닥칠 때마다 철창에 매달려 울부짖다가 '천지를 창조하신 하느님께 감사합니다'를 최후의 말로 남기고 사라져 버린 그녀들. 나는 그 미완성 자수를 조심스레 접어 품 안에 넣었다.

아무도 찾지 않는 무덤

츳 누라시킨이 묻힌 곳을 찾아갔다. 츳 누라시킨의 주검은 24일 만에 감옥에서 멀리 떨어진 마을의 대숲에서 발견되었다. 주검이 많이 붓고 상한 상태였지만 그 마을 주민 한 명이 그녀를 용케 알아보았다. 워낙 저명인사인데다 아체 여성들은 팔찌와 발찌를 하는데 그것이 그녀를 알아볼 수 있게 해 준 것이다. 당시 어머니를 찾아 감옥 일대를 미친 듯이 헤매고 있던 알람샤는 그 연락을 받고 곧바로 달려갔지만 어머니는 이미 500여 주검들과 함께 파묻힌 후였다.

묘비 하나 없이, 판자로 대충 울타리만 쳐 놓은 거친 흙더미. 그것이 자유를 향해 제 몸을 사르던 츳 누라시킨과 아체의 별들의 무덤이었다. 아무도 기억하지 않는 죽음, 아무도 찾아주지 않는 무덤. 나는 거기에 작은 팻말 하나라도 남겨 그들을 기릴 수 있으면 싶었다. 소리없이 사라져간 아체의 별들이여, 어둠 속에서, 어두운 가슴과 가슴에서, 새로운 동녘별로 빛나소서….

멀리서 무장한 방탄 지프가 달려오고 있었다. 마을마다 밀정 천지다. 우리는 서둘러 떠나야 했다.

나는 알람샤에게 어머니의 유품을 절대 버리지 말고 모아 두라고 했다. "언젠가는 아체의 젊은이들만이 아

촛 누라시킨의 무덤. 판자로 대충 울타리만 쳐 놓은 거친 흙마당에 500여 명의 주검이 함께 묻혔다.

니라 세계의 젊은이들이 어머니의 무덤에 순례를 오는 날이 올 거다. 이 억울하고 기막힌 죽음이 언젠가는 알려지게 될 거다."

그러나 알람샤는 공포에 짓눌린 목소리로 "그런 날은 오지 않을 것 같아요."라고 말했다.

"알람샤, 세상은 무섭게 바뀌는 거다. 언젠가는 반드시 그런 날이 올 거다."

칠흑 같은 어둠이 짓누르는 밤거리에서 알람샤와 헤어지며 나는 그렇게 말했다.

다음날 알람샤는 달라져 있었다. "어머니 유품을 모으기 시작하고 있습니다. 라자와리 호텔도 복구할 겁니다. 다음에 오실 때에는 어머니가 쓰시던 방에서 모시도록 하겠습니다." 그러면서 지난밤 한 시간 거리의 산간 마을에서 또 주민들이 학살당했다는 얘기도 전해주었다. 언론에 나지 않는 소식이었다. 그의 얼굴에서 지난번의 공포와는 다른 어떤 새로운 의지가 읽혀졌다. 알람샤는 몇 장밖에 남지 않은 촛 누라시킨의 사진과 유품들을 나에게 건네주었다. 자기가 갖고 있으면 이

마저 언제 압수당할지 모른다며 아체에 자유가 올 때까지 코리아에 가져가 맡아달라는 것이다.

냐웡 그룹의 CD 한 장

지금 아체는 아체가 아니다. 30년이 넘는 인도네시아의 식민통치하에서 독자적인 문화가 말살되어 가고 있다. 반다아체 시내에서 음반 가게를 찾기조차 힘들었다. 겨우겨우 하나를 찾아냈는데 보유하고 있는 음반이 채 100장도 되지 않았다. 그나마 할리우드 영화 DVD와 팝송만 깔려 있고 아체의 노래는 흔적조차 찾기 어려웠다. 나는 아체의 전통민요와 냐웡 그룹의 '조국의 꽃'이 담긴 CD를 구하고 싶었다.

국민적 노래를 부른 냐웡 그룹의 음반조차 아체 수도인 반다아체 어디에서도 찾아볼 수 없었다. 음반 가게에 들어가 눈 맑아 보이는 청년에게 부탁을 했다. 청년은 그 음반은 이제 구할 수 없다고 말한 뒤 한참 동안이나 내 눈을 들여다보고만 있었다. 그러더니 구해

아체의 문화가 말살되어 가고 있다. 수도 반다아체에서 겨우 찾아낸 음반 가게에 할리우드 영화 DVD와 팝송만 깔려 있을 뿐 아체의 노래는 흔적조차 찾기 어려웠다.

주겠다며 다음날 오라고 했다.

다음날, 음반가게 건너편에 차를 멈추고 내렸더니 운전기사가 하얗게 질린 얼굴로 빨리 도로 타라고 손짓을 한다. 문제가 생긴 것이다. 계엄군과 경찰들이 음반가게 주위에 깔려 있었다. 어차피 튀어 봤자 이미 늦었다 싶어 나는 태연한 척 나시고랭인도네시아 볶음밥 가게에 앉아 여대생으로 보이는 친구들과 쓰나미 피해에 대한 얘기를 건네며 사태를 주시하고 있었다.

나는 무엇보다 그 잘생긴 청년의 신변이 걱정되었다. 어제 내가 욕심을 내서 냐웡 그룹의 가사가 담긴 카탈로그까지 복사해 달라고 부탁했는데 그것이 화근이 된 걸까? 청년은 무사할까?

그때부터 본격적인 감시가 시작되고 미행이 따라붙었다. 아니 이미 요주의 인물로 지목되어 있었는데 이제 노골적으로 나서는지도 몰랐다.

지옥의 너를 여기 두고

그날 밤, 좁고 습기 찬 여인숙 3층 방에서 일기를 쓰고 있는데 갑자기 누군가 탕탕탕 방문을 요란하게 두드리기 시작했다. 어제 방문한 적 있는 모스크의 관리자였다. 눈길이 음산하고 의뭉스러운 느낌 때문에 우리끼리 저 친구 주의하자고 했던 그 사람이다.

밤중에 무슨 짓이냐고 호통치며 기선을 제압하자 우물우물하더니 방 안을 쓰윽 둘러보고 기분 나쁜 웃음을 흘리며 뛰어 내려간다. 나는 복도 끝 창문가로 달려가 창밖을 내다보았다. 바깥엔 이미 총을 든 경찰과 계엄군 차량이 깔려 있다.

방으로 달려와 빠르게 가방을 점검하기 시작했다. 심란했다. 기자증이나 그럴듯한 직책이나 신분증 하나 없는 내 처지다. 그들이 내 가방 속에서 발견하게 될 물건들은 하나같이 나와 이곳 친구들의 안전을 위협하는 것들뿐이다. 알람샤에게서 넘겨받은 촛 누라시킨 여사의 사진들과 유품들, 감옥터에서 수습해 온 정치범들의 사진들. 또 이런저런 자료들과 취재 수첩들. 라이터를 켜고 불태울까 했지만 도저히 그렇게는 할 수 없다. 사진으로만, 몇 점 유품으로만 남은 저 억울한 사람들을 어떻게….

나는 허둥지둥 방안을 둘러보았지만 마땅히 감출 만한 곳도 없었다. 그렇다고 도망칠 수도 없었다. 이 한밤중에 손바닥만한 반다아체에서 섣불리 창밖으로 도망쳤다가는 위험을 더 키우는 일밖에 되지 않는다. 나 역시 또 한 명의 아체인처럼 어둠 속으로 끌려가 총구 앞의 이슬로 사라질 수밖에 없을 것이다. 다시 계단을 올라오는 발걸음 소리가 이번에는 여러 명이 몰려오고 있음을 알려주었다. 쾅쾅쾅, 문이 요란하게 울렸다. 금방이라도 문을 박차고 들이닥칠 듯한 기세였다.

그때 갑자기 건물이 심하게 요동쳤다. 지진이었다. 이미 쓰나미에 한번 당한 건물이라 시멘트 가루가 여기저기 떨어져 내렸다. 정신을 차릴 수가 없었다. 문을 열고 총구 앞으로 나서야 할지, 아니면 이대로 낡은 건물에 깔려야 할지 판단이 서지 않았다. 문 안팎에서 죽음이 걸어오고 있다는 생각을 하는 중에 문득 문 두드리던 소리가 멎었다는 것을 깨달았다. 문 밖에 인기척이 느껴지지 않았다. 문을 빼꼼히 열어 보았다. 아무도 없었다. 복도로 달려가 창밖을 내다보니 그렇게 기세 등등하던 무장 경찰들이 도망치듯 서둘러 떠나고 있었다.

처음에는 어찌된 노릇인지 잘 알 수 없었다. 나중에 알게 된 사실이지만, 쓰나미 당시 인도네시아 정부군(TNI)과 경찰기동타격대Brimob 수천 명에서 수만 명이 죽었다는 소문이 있었다. 그들은 죽어서도 '국가 기밀'로 취급되어야 했던지 인도네시아 정부는 공식 발표를 하지 않았다. 그들은 아체 출신이 아닌데다 그런 일까지 겪은 뒤라 지진에 대한 공포가 더욱 심했을까? 어쨌든 천만 뜻밖에도 강도 6의 지진이 나를 구해 준 셈이었다. 그들이 무슨 목적으로 밤중에 나의 숙소로 몰려왔는지는 결국 알 수 없게 되었다.

공포 속에서 밤을 꼬박 지새다 다음날 동이 트자마자 이곳저곳으로 차를 달리다 공항으로 질주했다. 이른 아침부터 아체에 비가 내리고 있었다. 공항에 도착하니 외국 언론 기자들과 구호단체요원들이 출국 대기 중이다. 나는 그들 틈으로 재빨리 스며들었지만 가슴은 여전히 긴장으로 마구 뛰고 있었다. 나는 공항 밖을 내다보았다. 비밀경찰들의 눈동자가 여기저기서 번득이고 있었다. 저 지옥 속에 모두를 남겨 두고 나만 홀로 이렇게 배신자처럼 아체를 빠져나가는구나…. 참담한 심정이었다.

아체를 떠나는 날

비 내리는 아체를 떠나는 날
난민 텐트 안 쓰나미 고아들의
죄 없는 눈동자는 어른거리고
감옥에 갇힌 채 창살을 움켜잡고
울부짖다 몰살당한 아체의 별들은
무거운 빗방울처럼 떨어지는데

어느덧 안기부 지하 밀실의 비명도
칼날을 걷던 긴 수배 길도
독방 창살의 기나긴 밤들도
나에게는 저만치 멀어져 가고
그래, 나는 여기 있었구나

한밤중 마을 어귀를 으르렁거리는 엔진 소리,
군홧발 소리, 문 두드리는 소리,
비명 소리, 둔탁한 개머리판 소리,
총성 소리, 통곡 소리,
공포에 떠는 밤들이 여기 살아 있었구나
히잡을 벗고 밀림으로 달려가던
너의 눈물, 너의 분노, 네 작은 뒷모습은
피멍처럼 내 가슴을 파고드는데

비 내리는 아체를 떠나는 날
비행기 작은 창 아래 펼쳐지는
참혹한 폐허의 지평선
공포의 무게에 짓눌린
너의 젊음, 너의 눈빛,
너의 숨죽인 목소리
지옥의 너를 여기 두고
나는 빠져나가는구나

내가 딛고선 발 밑을 진동하며
쓰나미처럼 덮쳐오는 그대
어둠 속에 홀로 울고 있는
아체여
나의 아체여

Part 2
건기의 슬픔
2005년 5월의 아체

건기의 슬픔

폐허의 지평선에 해가 뜨면
아체 사람들은 햄머를 든다
그늘 한 점 없는 뜨거운 땅 위에
쿵 쿵 무거운 햄머질을 시작한다

엊그제까지만 해도 웃음꽃이 피고
야자수 그늘에 앉아 커피를 마시던
무너진 마을 골목길 집터에서
쿵 쿵 시멘트 덩이를 두들긴다

이대로 구호품이나 받아먹다가는
정말 미쳐 버릴 것만 같아
단지 미치지 않기 위해서
하루 종일 불볕 아래 햄머질을 한다

건기의 마른 땅은 땀방울도 눈물방울도
핏방울마저 흐르지 못하고 말라붙게 하지만
그래도 몸이 깨어져라 쿵 쿵
석양이 질 때까지 햄머를 두들기다
어둠이 내리면 홀로 지친 잠이 든다

그러다 문득 새벽잠이 깨면
아무도 없는 텅 빈 천막
거센 파도에 휩쓸리며 울부짖는
아이들과 아내의 비명소리에
홀로 일어나 무릎을 꿇고
하느님, 우리가 무슨 죄가 그리 많았나요
저에게 무슨 희망을 남겨 두셨다고
이토록 감당할 수 없는 시련을 주시나요
이건 분명 당신의 뜻이 아닌 악마의 짓이라고
새벽을 뒹굴며 소리없이 울부짖다가
해가 뜨면 다시 햄머를 든다

햄머를 들고, 햄머를 들고,
절망의 무게로 절망을 내리친다
슬픔의 무게로 슬픔을 내리친다
분노의 무게로 분노를 내리친다

지친 몸이 깨지도록
남은 생이 깨지도록
이 질긴 식민지의 운명이 깨지도록
폐허의 지평을, 절망의 바닥을,
뜨거운 슬픔으로 내리치고 내리친다

절망을 살아낸다는 것

다시 찾은 아체의 풍경

한 달 만에 다시 찾은 아체는 건기乾期에 접어들어 있었다. 외국 구호기관과 언론의 물결이 썰물처럼 빠져나간 반다아체는 '짧은 열애가 끝난 후' 버림받은 자의 허탈한 얼굴을 하고 있었다. 한 달 전만 해도 거리 사람 3분의 1이 외국인이었다. 지금은 외국인이 거의 한 명도 보이지 않는다. 언론 기자들부터 빠져나갔다. 곧바로 국제 구호단체 직원들이 빠져나갔다. 그리고는 조명이 꺼진 무대처럼 텅 비어 버렸다. 아체인들은 다시 고립무원의 폐허 더미에 버려졌다. 그 위로 엄습해 온 것은 감시와 위협의 고삐를 단단히 잡은 계엄군의 살벌한 얼굴들이었다. 아체는 다시 홀로 긴 눈물을 흘리고 있다.

그래도 그 사이 삶은 조금 더 자리를 잡았다. 인적 없던 10만 명 떼무덤에도 살아남은 가족과 친지들이 멀리서 걸어와 눈물을 흘리며 기도를 하고 있다. 그들은 "나 때문에 아내와 아이들이 죽었다. 어둠 속에서 야자수를 붙들고 돌아보니 이미 파도가 삼켜버린 뒤였다.""다 내 탓이다. 친정집에서 잠들지 않고 집에 돌아왔더라면 남편과 아이들이 죽지 않았을 텐데….".라

10만 명이 묻힌, 가장 작지만 가장 큰 무덤에도 이제 유족들이 하나둘 찾아들어 눈물을 떨구기 시작했다.

며 가슴을 쥐어뜯었다.

더없이 선한 사람들. 불가항력의 재앙마저 자기 탓으로 돌리며 눈물 흘리는 사람들. 그들은 눈물 젖은 목소리로 분노하고 있었다. 정부가 쓰나미 경보만 미리 알렸어도 이렇게 많은 사람들이 몰살당하진 않았을 거라고, 아체가 식민지만 아니었어도 이런 참사는 없었을 거라고 힘없이 울부짖고 있었다.

쓰나미로 모든 것을 잃어버려 몸만 남은 존재, 묘비하나 세울 수 없는 그들이 바칠 수 있는 것은 외로운 눈물뿐이다. 묘비에 새기지 못한 이름이기에 가슴에 더 깊은 슬픔으로 살아 온다. 얼마나 많은 시간이 흘러야 기적처럼 목숨을 건진 경험이 새 삶을 시작하는 용기와 자부심의 원천이 될까.

재래시장인 람바루 시장에도 조금씩 활기가 되살아나고 있었다. 재래시장은 어디서나 그곳 민초들의 살림살이와 인정人情과 활력을 가장 정직하게 드러낸다. 대지와 바다가 길러준 것들, 정직한 땀으로 생산한 산물들, 삶의 치열성과 공동체의 온기가 그곳에서 나누

재래시장인 람바루 시장에도 조금씩 활기가 되살아나고 있었다. 건기에 모처럼 내린 비로 시장 바닥이 아체가 가야 할 길을 은유하듯 질척인다.

어진다. 공간부터가 흙과 비바람과 야생의 숨결이 고
스란히 어린 곳이어서 더욱 그런 것일까. 사람 냄새가
난다. 그러나 건기에 모처럼 내린 비로 람바루 시장 바
닥은 그들이 딛고선 삶의 대지를 은유하듯 질척이고
있었다.

　반다아체 중심가에 있는 메단Medan 호텔. 쓰나미 때
1층까지만 침수되어 당시 묵을 수 있는 많지 않은 호
텔 중의 하나였다. 대청소와 기본 보수공사를 마치고
새로운 영업을 시작하면서 종업원과 이웃들이 모여 번
영을 기원하는 깐두리 잔치_{나눔잔치}를 하고 있었다. 지난
번에는 국제 구호기관들이 전세 내다시피 진을 쳐 방
을 구할 수 없어 차에서 자거나 여인숙을 전전하곤 했
는데, 지금은 그들이 다 빠져나가 호텔은 비어 있었다.

쓰나미 후폭풍
전쟁보다 더 무서운 것은 전쟁의 후폭풍이라는 것을
나는 이라크에서 경험했다. 아체 사회에도 쓰나미 후
폭풍이 심각하게 몰아닥치고 있었다. 여러 가지 문제

재래시장은 어디서나 그
곳 민초들의 살림살이와
인정과 활력을 가장 정직
하게 드러낸다.

중에서도 '벼농사'와 '우물' 문제가 심각하다. 아체는 원래 3모작 벼농사가 가능한 풍요로운 곳이었지만 쓰나미로 바닷물에 한번 휩쓸린 농토에서는 벼와 농작물이 자라지 못하고 있었다. 얼마나 지나야 지력이 살아날지 알 수 없었다. 그리고 대부분의 우물이 오염되었다. 수십만 명이 사방에 묻혀 있어 얕은 우물을 파서는 소용이 없다. 예전에 물이 잘 나오던 지역이라 관정기술이 발달하지 않았기에 지하수 개발에는 더 큰 비용과 어려움이 따른다.

의외의 사회적인 문제도 등장했다. 바로 생물학적 성비 문제다. 쓰나미로 여자와 아이들, 그리고 노인들이 집중적으로 희생됐다. 파도에 휩쓸릴 때 뭐라도 붙잡고 버텨야 살아남을 확률이 있는데 여자와 아이들은 그런 힘이 달렸기 때문이다. 젊은 총각들과 홀아비만 수두룩할 뿐 정말 여자가 잘 보이지 않는다. '일처다부제'로 가야 하지 않느냐는 쓰나미 농담도 등장했다. 노인들이 많이 죽어 마을마다 급격한 세대교체가 이루어지고 있는 반면, 어린 아이들은 사라져서 '쓰나미 세대'라는 특수한 문제를 예고하고 있었다.

여기에 아체의 인구 구성을 왜곡시키는 외부적인 강제까지 더해지고 있다. 그 동안 인도네시아 군부는 자원 많은 아체의 식민 통치를 영구히 하기 위해 자유아체운동을 군사작전으로 진압하는 한편으로, 자카르타에 있는 식민 지배 민족인 자바족과 화교를 아체에 줄기차게 이식해 왔다. 경제 권력은 이미 그들에게 넘어가 있는 가운데, 머지 않아 아체 지역의 본토박이인 수마트라족이 오히려 소수민족으로 전락할 운명이다. 주민투표를 하더라도 아체인들의 자치독립이 '민주적'으로 좌절될 수밖에 없는 상황이 다가오고 있는 것이다.

반다아체의 밤과 낮

어둠이 내리자 반다아체에서 가장 번화한 중심가인 레
크 광장에 나가 보았다. 지난번에는 밤이면 사람 구경
을 할 수 없었는데 이제는 조금씩 사람들이 나선다. 전
굿불을 켠 포장마차에서 나시고랭과 깜빙 꼬치구이와
커피를 팔고, 살아남은 사람들이 삼삼오오 앉아서 시
원한 밤 공기를 마시고 있다. 어두운 아체의 밤거리에
생존의 열기를 느끼게 하는 행렬이 있었다. 급수차에
물통을 든 사람들이 몰려들어 식수를 받아가고 있다.
낮에는 너무 뜨거워 움직이지 못해 밤에 이 일을 한다.
그나마 차가 있거나 오토바이라도 가진 살 만한 사람
들이다. 정작 가난한 대다수 사람들은 운송수단이 없
어 이마저도 못한다.

　불빛이 거의 없는 시내. 멀리 바이투라만 모스크가
등대처럼 불을 밝히고 있다. 전기가 부족하지만 절망
에 빠진 아체 사람들에게 먼 불빛으로나마 희망을 주
기 위해 일부러 켜고 있단다. 2인승 오토바이 택시를

한밤의 바이투라만 모스
크. 전기가 부족하지만 불
을 밝혔다. 멀리 어둠 속
어딘가에서 누군가는 그
불빛을 보며 희망을 얻으
리라.

타고 중심가에서 10분 정도 벗어나 보니 사방이 칠흑 같은 어둠이다. 폐허의 지평선에 아체의 밤은 침묵의 암흑천지이고 곳곳에 계엄군의 바리케이드가 섬뜩하다. 그래도 아체의 밤하늘에는 은하수가 흐르고 밤벌레 소리는 야생의 적막감을 더한다.

낮이면 그 폐허의 지평선에 다시 둔중한 망치질 소리가 울려 퍼진다. 무너진 자기 터전에서 철근을 캐는 망치질 소리. 그나마 고철 값이 자꾸만 내린다. 그렇게 번 돈으로 물을 사고 밥을 먹는 하루하루가 벅차다. 곳곳에서 쿵, 쿵 절망의 바닥을 두들기는 망치 소리가 들렸다.

도심에서 조금 벗어나니 도로변에서 그물을 던지는 특이한 풍경도 보인다. 반다아체는 바닷가에 면해 있어 쓰나미 때 지형까지 바뀌었다. 집터와 공터였던 곳에 바닷물이 들어 바닷물 호수가 생겼다. 살아남은 자들은 거기에 그물을 던진다. 그러나 고기잡이는 시원치 않은 모양이다. 그물을 던지는 모습에 욕망이 보이질 않는다. 그저 맥없이 던지고 당기는 뒷모습이 허무하고 슬프다.

그물을 던진다

파도에 쓸려가던 아내도 아이도
건져내지 못한 죄 많은 손으로
그물을 던진다
그물을 던진다

폐허의 물둥지에 그물을 던지면
묵직이 건져 올려지는 건
깨진 벽돌이나 잔해들이지만
한두 마리 은빛 물고기도 있어
아, 그러나 나는 지금 고기를 낚는 것이 아니다
그물이라도 던지지 않고서는 견딜 수 없어서이다
홀로 남아 던져진 무거운 목숨을, 절망을,
감사할 수 없는 삶을 살아 견디기 위해서이다

이제 나는 아무것도 가진 것이 없고
이제 내 곁에는 피붙이 하나 없고
나에게는 할 수 있는 일거리 하나 없어
이대로 폐허 더미 속에 주저앉아
폐인이 될 수는 없어서이다

그물 가득 끌어올려지는 잔해들 틈에
파닥이는 작은 물고기들
빈 손바닥에 가만히 느껴지는
이 눈물 나는 생명이라는 것
이 할딱이는 목숨이라는 것
희망 없는 희망이라도 느껴보기 위해서이다

건기의 불볕 아래 그물을 던진다
아무 욕망도 바람도 없이
절망의 그물로 절망을 던진다
파닥이는 목숨과 목숨으로 이어지는
팽팽한 이 그물
그물을 던진다
그물을 던진다
이 절망이 다 할 때까지
남은 슬픔을 던진다

올해의 인류 건축 대상

어디서나 아이들은 가장 먼저 피어나는 꽃이다. 폐허 더미에서 아이들은 바람 빠진 축구공 하나 없어 부서진 벽돌 조각을 가지고 재미나게 축구를 한다. 조그만 공이라도 많이 가져왔더라면 하는 생각이 들었다. 아체 아이들은 울지 않고 이제 스스로 웃음꽃을 피운다. 나는 한참 동안 아이들과 돌조각을 가지고 축구를 했다. 지켜보던 어른들 입가에도 미소가 번진다. 삶은 강인하게 살아 흐른다.

한 달 전만 해도 휑하니 비어 있던 바닷가 방죽 위에 난민들이 몰려들어 어느새 150여 가구의 난민촌이 형성되었다. 쓰나미로 신도시가 아니라 새 동네가 생긴 것이다. 이곳은 시내와 가깝고 자기 집터와도 가깝다. 난민촌은 이렇게 자생적으로 생겨나야 한다. 아무것도 가진 것 없는 가난한 삶은 스스로 강인하게, 스스로 지혜롭게 살아 흘러간다. 이보다 더 훌륭한 계획이 어디 있겠는가. 정부나 구호단체는 이런 자활의 몸부림에 물과 전기와 위생설비를 지원해 주고 작은 공공시설을 마련해 주면 되는 것이다.

쓰나미로 떠다니는 판자나 나무 쪼가리를 주워다 스스로 건축한 집들은, 비록 작고 초라하지만, 그 어떤 건축가보다 더 지혜롭고 알뜰하게 공간을 창조한다. 폭이 좁은 방죽 위, 그 한정된 공간에 한정된 소재와 도구로 놀라운 창의성을 발휘한 판잣집들은 집집마다 주인의 개성을 고스란히 드러낸다.

몇몇 집을 둘러보니 볼수록 감탄을 넘어 찬탄이다. 살아남은 가족 숫자에 따라 창문의 크기가 다르고 여성의 부지런함만큼 조리대와 설거지대가 다르고 이웃에 대한 배려만큼 처마와 빨랫줄이 다르다.

이 집은 아이가 서너 명은 될 것 같은데, 이 집 부인

어디서나 아이들은 가장 먼저 피어나는 꽃이다. 폐허에서 벽돌 조각으로 재미나게 축구를 하는 아이들. 작은 공이라도 많이 가져갔더라면….

은 아주 미인일 거야, 이 집 남자는 성질 좀 있겠는데, 이 집 가장은 나처럼 공돌이 출신 같은데…. 내가 작은 판잣집들을 돌아다니며 혼잣말로 한마디씩 던지면 운전기사는 재빠르게 집안으로 들어가 확인한 다음 놀란 표정으로 "뿌이쉬 박은 아체 길바닥에 좌판 하나 펴고도 먹고살겠네요." 한다. 그래서 내친 김에 "원래 코리아 뿌이쉬는 신기神氣가 있어서 사람의 운명을 본다. 나는 감옥 독방에 오래 앉아 있다 보니 사람의 미래를 볼 수 있게 됐어."라고 뻥을 쳤다. 운전기사가 이 집 저집에 떠들고 다녔는지 주민들이 자기도 좀 봐달란다.

난감했지만 이미 엎질러진 물. 그 와중에도 손바닥만한 공터에 꽃을 심어 놓은 집 가족에게는, 꽃을 심은 그 마음에 알라의 축복이 예비되어 있음이 보인다, 힘들 때마다 '가난한 마음이 사무치면 꽃이 핀다'를 되뇌어 보라. 두 평도 채 안 되는 공간에 아이 책상을 만들어 놓은 집에는, 이 아이는 영특함을 타고나 뛰어난 작

한 달 전만 해도 휑하니 비어 있던 바닷가 방죽 위에 난민들이 몰려들어 어느새 150여 가구의 난민 촌이 형성되었다. 떠다니는 판자를 주워다 스스로 지은 집들은 저마다 주인의 성품을 드러낸다. 깔끔한 옥외 식탁에 가족을 위한 식사가 준비되고 있다. 이 집 남편은 아내를 잘 섬겨야겠다.

가나 교사가 될 것 같다, '어린 야자나무 하나가 푸른
숲을 이루리라.' 유난히 옥외 조리대가 짜임새 있고 정
갈한 집 주인에게는, 당신의 축복은 아내를 잘 모시는
데 있다, '섬기는 손길마다 슴빠 향기 흐르네.' 집 앞에
서 있는 나무 한그루를 잘 이용해 이웃들이 모여 쉴 수
있는 의자를 만들어 놓은 집 가족에게는, 당신은 전생
에 큰 부자였는데 이번 생에는 이웃들에게 봉사하는
삶의 소명을 타고났다, 아이는 이웃들의 희망의 별이
될 거라며 '나누는 손발엔 동녘별이 떠오르네.' 좋은
일 하나 없던 난민 가족들은 나의 뻔한 덕담에 즐거워
하며 가훈으로 붙여 놓겠다고 받아 적는다.

정말 이 난민 동네는 최악의 조건에서 최단시간 내
에 지어진 '지혜의 건축'과 '가난의 미학'을 보여 주고
있었다. 궁하면 통한다는 말처럼 가난과 역경의 절박
함 속에서 진정한 삶의 창조와 지혜가 나오는 것이다.
절박한 마음으로 단순하게 짓는 성벽보다 오래 가는
아름다움이 어디 있으며, 절실하고 순수한 마음으로
그린 원시 벽화보다 아름다운 그림, 간절한 마음으로
골판지 위에 쓴 '군고구마 잇습니다' 글씨처럼 아름다
운 서예가 어디 있겠는가. 모든 문화와 예술과 시의 본
령은 이런 절실한 생존 위에서 꽃피는 것이 아니겠는
가. 나는 '올해의 인류 건축 대상'을 이분들께 드리고
싶었다.

그러나 우리의 이런 '슬픈 위안의 놀이'도 오래갈 수
없었다. 여기는 아체이다. 사람들이 모여들자 어김없
이 경찰들이 출동해 멀리서 감시하고 민병대들이 얼쩡
거렸다. 우리는 황급히 빠져나와야 했다.

폐허 위의 생활에 어느 정도 적응되자 서서히 집을
짓는 사람들이 나타나고 있다. 시원한 야자수 판잣집
이다. 하지만 그런 집 하나 세울 여력이 있는 사람은

많지 않다. 자바족과 화교 자본이 장악하고 있는 목재 공장은 지금 때아닌 쓰나미 특수로 폭리를 취하고 있다. 고기를 잡기 위해 부서진 배를 손질하고 있는 모습도 보인다. 미국계 자본도 영악하다. 식민지 아체에서 인도네시아 군사독재와 손잡고 아체의 석유와 자원을 탐욕스럽게 빨아가던 그들은 자신들의 공장 근처 주민들에게 십여 척의 나무배 목재를 기부하며 생색을 냈다. 배를 건조 중이던 주민들은 마음 같아서는 던져 버리고 싶지만 어쩌겠냐며 망치를 탕탕 두들긴다.

코코넛 따는 날

풀마당 학교 아이들 표정이 조금 밝아져 있었다. 물이 부족해 학교에서 코코넛 따는 날을 정했다. 아이들이 나무에 올라가서 딴 코코넛을 저장해 두고 음료수 대용으로 쓰고 그 속살은 말려 빻아서 요리에 쓴다. 한 달 만에 다시 오니 아이들이 반갑다고 야단이다. 녀석들은 원숭이처럼 잽싸게 야자나무를 타고 올라가 잘 익은 코코넛을 따 내려와 몇 개씩이나 거푸 대접을 했다. 위험하니 그만하라고 해도 10미터는 족히 될 야자수를 타고 올라가 자꾸만 따 온다. 그것을 받아 다 마시느라고 화장실을 몇 번씩이나 들락거려야 했지만 즐거운 경험이었다.

아직까지 침수 흔적이 시커먼 얼룩으로 남은 교실은 아이들 수업이 끝나면 놀이터 구실을 한다. 히잡을 쓴 여자 아이들이 체조선수처럼 유연한 몸놀림으로 고무줄놀이를 한다. 키보다 높은 고무줄을 잽싼 물구나무로 발에 걸고 내려오는 묘기에 연신 감탄하자 아이들은 신이 났다.

하지만 무너진 교실 뒤 천막학교에서 회의를 하고 있는 선생들의 얼굴은 무척 어두웠다. 한 젊은 여선생

은 훌쩍이고 있었다. 왜 그런가 살짝이 물어보니 칠판 때문이었다. 칠판이 없어 수업이 곤란해 구호금 지원을 받으러 시내로 갔다가 허탕을 친 모양이다.

학교가 외진 곳에 있고 언론에 부각될 일도 아니어서 아무도 관심 써 주는 사람이 없나 보다. 칠판이 생길 거라고 잔뜩 기대했던 선생들이 모두 낙심을 했다. 나는 준비해 간 성금을 조심스럽게 전달했다. 그러자 교실마다 칠판이 다 돌아갈 수 있겠다며 그 젊은 여선생은 아이들 앞에서 그만 펑펑 울어 버렸다. 한국에서 옷 한 벌 값도 안 되는 성금에도 이렇게 우는 것이다. 그나마 여기는 반다아체에서 한두 시간 거리에 있어 사정이 나은 편이고, 깊은 아체의 산간마을 학교들은 훨씬 힘든 형편이라고 한다.

어린 나무를 심는 사람

울렐르 마을 가는 길에서 할머니 한 분을 만났다. 뜨거운 폐허 더미에 쪼그려 앉아 홀로 나무를 심고 있었다. 그늘 한 점 없는 건기의 대낮은 뜨겁다 못해 온몸이 바작바작 타는 것만 같다.

강인한 체력이 있다고 자부하던 나도 처음 아체를 다녀온 뒤 2주 정도 탈진해 있어야 했다. 툭하면 코피가 터지고 손목과 콧잔등에 입은 화상의 진물이 멈추질 않았다. 내가 약해졌나 했는데 그것만은 아니었다. 통역으로 수고해 준 자카르타의 후배는 30대이지만, 지난번 내가 다녀온 직후부터 이번에 다시 올 때까지 한 달 가까이 탈진해 있었단다. 15년째 인도네시아에서 살아 왔고 운동도 열심히 하는 건강한 친구인데도 그랬다. 건기의 아체는 그 불볕더위와 함께 무서운 기운으로 사람을 탈진시킨다. 번득이는 총구 앞의 끝없는 긴장과 40만 명이 파묻힌 폐허의 터전은 마음문을

오늘은 코코넛 따는 날. 풀마당 학교에서는 코코넛을 따서 저장해 두었다가 식수 대용으로 쓴다.

닿아걸지 않은 사람의 심정을 하루에도 몇 번씩 울컥 울컥 찢어놓는다. 이렇게 젊은 사람도 견디기 힘든 더위 속에 할머니가 나무를 심고 있다. 그 불볕 아래에 도저히 살아날 것 같지 않은 어린나무들.

"할머니. 아무것도 남지 않은 폐허에 뭘 그렇게 심고 계십니까?"

할머니는 평생 소망하던 메카 순례를 떠났다 돌아왔더니 남편과 아들딸, 손주 녀석들, 심지어 집이 있던 흔적마저 깡그리 쓰나미가 쓸어가 버렸단다.

"이 마을에서 노인은 나 하나 살아남았다오. 나는 아무 쓸모없는 사람이야. 어린 손주들과 아들딸이 살고 내가 죽었어야 하는데…. 착한 그 아이들이 살아 있다면 무얼 할까 떠올려 보니 나무를 심을 거라는 생각이 들었다오. 우리 가족은 나무 아래서 밥을 먹고 차를 마시고 이야기꽃을 피우곤 했거든. 살아남은 마을 젊은이와 아이들에게 늙은 내가 무얼 할 수 있겠소. 그래도 이 나무가 자라나면 삶도 자라나겠지. 이렇게 험한 땅에 심으려니 어린나무들한테 너무 미안하기도 해. 하지만 내가 어린나무에 의지해 살고 있으니 나무가 날 용서해 줄 거야." 할머니는 눈물을 흘렸다.

역시 남김없이 절망한 사람만이 욕심 없이 희망할 수 있는 것인가 보다. 수많은 고난과 절망을 살아낸 그들의 말은 그 어느 철학자보다 깊고 그 어느 시인보다 가슴을 울린다. 나는 눈물 흐르는 지구의 골목길에서 그들의 말을 받아 시로 옮긴다. 나는 그저 그들의 말씀을 받아쓰기할 뿐이다. 그러므로 나의 시는 내가 쓴 것이 아니다. 생생한 현장의 말씀들을 받아적고 그 마음과 마음을 받아쓰기하는 것. 어떤 기교도 없이 어떤 사심도 없이 또박또박 만년필로 받아쓰기하는 것, 어쩌면 그것이 내가 쓸 수 있는 최고의 시일 것이다.

폐허에 심은 어린 나무. 할머니 한 분이 젊은 사람도 견디기 힘든 건기의 불볕 더위 속에 어린 나무들을 심어 나가고 있었다. 할머니는 왜 나무를 심기로 했을까?

어린 나무 사이로

황량한 잔해 더미에 쪼그려 앉아
나무를 심고 있는 로스니Rosni 할머니를 만났다
타는 불볕 아래 도저히 살 것 같지 않은
어린 파파야 망고 끌라빠 아슴나무

평생 소망이던 메카 순례를 다녀와 보니
집도 남편도 아들딸도 손주 녀석들까지
한꺼번에 쓰나미가 쓸어가 버렸단다

이 폐허 위에 무엇이 더 남았다고
홀로 어린나무를 심어 가는 걸까
할머니는 땀을 훔치며 말씀하신다

보다시피 난 이제 살날이 많지 않다오
생각해 보니 내가 이 마을에 할 수 있는 거라곤
이렇게 나무를 심는 일 말고는 아무것도 없다오
흙심도 없는 곳에 나무를 심는 게
이 어린 것들에게 미안하기도 하지만, 어쩌겠소
이 어린 것들이 날 이렇게 붙잡아 주는 걸

손주라도 하나 살아남았더라면
이 나무들을 끝까지 지켜봐 줄 텐데…
이 나무들이 자라나고 누군가 여기에
다시 집을 세울 수 있으면 좋으련만…
로스니 할머니는 오래 참아온 눈물을
시들거리는 나뭇잎에 떨구는 것이었다

그때 나는 고개를 떨구며 깨달았다
남김없이 절망한 사람만이
욕심 없이 희망할 수 있다는 걸
진정한 희망은
희망 없이 희망해야 한다는 걸
절망은 개인적일 수 있지만 희망은
개인의 희망을 넘어선 곳에서만 가능하다는 걸

울렐르 마을, 그 후

울렐르 마을에 피어난 꽃

울렐르 마을을 다시 찾았다. 가장 먼저 파도가 덮쳤어도 가장 먼저 일어나 재건을 하고, 가장 크게 무너졌어도 가장 강인한 의지를 꽃피우는 사람들. 마을이 가까워 오자 가슴이 설레었다. 궁금했다. 어떻게 변하고 있을까.

울렐르 마을에는 그 동안 텐트가 조금 늘어났지만 여전히 크게 달라 보이지 않는 잔해 더미 그대로다. 그러나 그 폐허의 마을로 들어서자 우리를 반긴 것은 뜻밖에도 선분홍빛 작은 꽃들이었다. 군데군데 폐허 더미 사이로 들국화 다발처럼 환한 꽃들이 피어 있었다. 쓰나미에 휩쓸린 폐허의 반다아체에서 이런 꽃을 보기는 처음이었다.

그 꽃들은 울렐르 주민들이 특별히 가꾼 것이었다. 가슴이 뭉클했다. 지난번 우물을 팔 비용을 지원해 준 데 대한 감사 표시를 하고 싶지만 가진 것이 아무것도 없기 때문에 마음을 담은 꽃을 키워 선사하기로 의견을 모았단다. 얼마 전에 2차 니아스 지진이 있었는데 황급히 대피하는 급박한 순간에도 꽃을 덮어 놓고 갔을 만큼 지극한 정성을 들였다. 멀리 불볕 아래서 작업

울렐르 마을의 주민 총회. 여성들도 회의에 참여하는 새로운 전통을 만들었다. 주민 공동 숙사의 건설이 가장 시급한 과제.

을 하던 마을 사람들이 우리가 왔다는 소식을 전해 듣고 하나둘 모여들었다.

마을 주민 총회가 다시 열렸다. 지난번 이후로 여자들도 회의에 참여하는 것이 전통이 되었다. 한 청년이 말했다. "아체에서 아마 남자와 여자가 함께 회의하는 곳은 우리 마을뿐일 겁니다. 같이 회의를 하니까 여자들을 이해하게 되었습니다. 여자들이 그렇게 섬세하고 지혜로운지 몰랐습니다."

살아남은 여자 숫자가 적다. 그래서 "여자는 투표할 때 곱하기 3을 하면 어때요?" 하니까 다들 웃으며 그거 좋겠다고 재미있어한다.

그 자리에서 주민대표도 남자와 여자로 각 한 명씩 선출했다. 25세의 넨 샤팟이 남자 대표, 20세의 줄리아가 여자 대표가 되었다. 쓰나미가 급격한 세대교체를 몰고 와 20대가 마을 살림을 이끄는 것이다.

울렐르 마을의 긴급과제가 논의되었다. 주민이 공동으로 지낼 나무집 두 동을 짓는 것이 향후의 시급한 과제라고 의견을 내놓았다. 그리고 위성 휴대전화 한 대도 마을 공용으로 있어야 했다. 모든 통신시설이 무너져 멀리 있는 친척들과 연락을 할 수 있는 유일한 통신수단이 위성 휴대전화다. 다들 동의했다. 이번엔 여성들이 의견을 내놓았다. 뜻밖에도 옷장이 시급하다고 했다. 아무리 폐허 위의 천막생활이지만 여자 속옷들이 여기저기 널려 있는 것을 볼 때마다 늘 수치감이 든다고 말하는 것이다. 남성들은 그건 정말 몰랐다며 나무가 확보되는 대로 제일 먼저 여자 옷장부터 짜 주겠다고 합의했다.

여자대표 줄리아가 TV가 있어야 한다고 제기했다. 나는 속으로 'TV가 시급한 문제일까?' 하고 있는데, 줄리아는 신문도 없고 전화도 없어 바깥세상 소식을 들어 보지 못한 게 넉 달째라며 이건 물과 밥 다음으로 중요한 문제라고 말한다. 인도네시아 정부를 믿을 수 없기에 위성 TV를 켜 두면 3차 지진 경보도 미리 알 수 있고 다른 마을의 복구 사정도 알 수 있지 않겠냐는 것이다. 역시 신세대 여성다운 선견이었다. 우리처럼 정보 과잉에 오락과 드라마를 즐기기 위한 TV가 아닌 것이다.

이제 갓 스무 살인 줄리아는 이번 마을 총회를 통해 여성대표다운 리더십을 인정받아 가는 듯하다. 그러나 그녀의 앞날이 걱정되었다. 갑자기 마을 공동대표로 떠올라 영향력이 커진 줄리아가 긴 세월 공고하게 쌓아진 남성중심의 벽 앞에서 얼마나 많은 상처와 좌절을 겪을지….

이번에 나눔문화회원들이 모아 준 성금을 여성대표인 줄리아에게 전했다. 그런데 성금을 전하는 과정이 한 시간 넘게 걸려야 했다. 성금을 모아 준 분들의 이름을 작은 현수막에 새겨 갔는데, 그것을 펼치자 그 이

울렐르 마을을 위한 성금을 전달하는 과정에만 한 시간이 걸렸다. 현수막에 적힌 후원자들의 이름을 일일이 읽어 달라고 해서 아체말로 옮겨 적었다. 기도할 때 그 이름을 하나하나 불러야 한단다.

름들을 일일이 읽어 달라고 해서 아체말로 옮겨 적는 것이었다. 그분들의 이름을 하나하나 부르면서 기도를 해야 하기 때문이란다. 새로 지을 마을 공동숙소의 이름은 '울렐르 나눔문화의 집'으로 결정됐다.

생명의 샘물이 쏟아지던 날

총회가 끝나자마자 마을 사람들은 우리를 우물로 데리고 갔다. 지난번에 전달한 성금이 모자라 옥스팜에서 지원해준 돈을 보태서 우물을 완성했단다. 가보니 파이프에 수도꼭지 몇 개가 달려 있어 언뜻 시시해 보였다. 그러나 이 샘물은 울렐르 사람들에게는 '생명의 원천'이다. 지하 120m까지 파 들어가서야 물을 만났다. 마침내 물이 쏟아져 나오던 날, 그들은 서로를 부둥켜안고 감격의 눈물을 흘렸단다. 그리고는 모두 한국 쪽을 향해 감사의 기도를 올리기로 했다. 그런데 누구도 한국의 정확한 방향을 몰라, 북쪽이다 동쪽이다 논란 끝에 결국 동북쪽을 향해 긴 시간 감사의 기도를 드렸

다고 한다. 내가 지도 위에 나침반을 놓아 정확한 방향이었다고 확인해 주자 다들 신이 나서 박수를 친다.

물이 정말 차고 맑았다. 그래서 울렐르 사람들만이 아니라 다른 마을 난민들도 그 물을 길어 가려고 몇 킬로미터씩이나 걸어왔다. 한 고아원에서는 아예 급수차를 몰고 와서 받아 가고 있었다. 지하수는 한정되어 있는데, 이러다 금방 고갈되면 어쩌려고 차로 퍼 가게 하느냐고 했더니 울렐르 사람들의 대답은 역시 그들다웠다.

"저 사람들도 뜨거운 천막에서 목이 타는 사람들입니다. 그들의 고통을 우리가 압니다. 어려울 때 함께 나눠 마시다가 고갈되는 게 차라리 낫지요. 우리만 마시려고 아낀다면 우리의 영혼이 영원히 목탈 것입니다."

인샬라! 정말 귀한 사람들이다. 울렐르 사람들은 잔

지하 120미터까지 파 들어가 길어올린 생명의 샘물. 울렐르 마을 사람들은 다른 마을 사람들에게도 이 샘물을 개방했다.

해 더미를 치우고 텃밭을 가꾸고 있었다. 군데군데 나무도 심어 놓았다. 나중에 건물이 세워지더라도 꼭 나무가 있어야 할 자리를 생각하며 심었단다.

바까오 나무를 심다

그런데 참 특이한 풍경이 있었다. 마을 바로 앞 해변에 나무막대가 즐비하게 꽂혀 있다. 넨 샤팟과 청년 몇이서 파도가 밀려드는 바닷물 속에 뭔가를 심고 나무막대를 박아 가는 중이었다. 바까오 나무란다.

다시 지진해일이 덮쳐 와도 방파제가 있어야 재앙을 피할 수 있는데 정부는 해줄 마음도 의지도 없다. 그래서 오래된 지혜를 모아 바닷물 속에 자라는 바까오 나무를 심어 기르기로 했단다. 어린 바까오 나무는 손가락 굵기에 젓가락만한 크기였다. 나는 감동했다. 이것이야말로 콘크리트 방파제보다 더 튼튼하고 생태적인 '대안의 미래'이고 오래된 지혜가 아닌가. 나는 파도 속에 심은 바까오 나무를 오랫동안 바라보고 있었다.

파도 속에 심은 나무

한 달 만에 다시 찾은 반다아체
울렐르 마을 사람들은
파도가 철썩이는 바닷물 속에
젓가락만한 바까오 나무를 심고 있었다
인도네시아 계엄정부는 쓰나미 넉 달이 지나도록
아무 지원도 복구도 방파제도 해주지 않아
살아남은 주민들끼리 오래된 지혜를 모아
마을 해변에 바까오 나무를 심기로 했단다

파도 치는 바닷물 속에 심는
가느다란 바까오 나무들
정말 자랄 수 있을까
과연 살아남을 수 있을까
정녕 뿌리 내릴 수 있을까

지지대를 박고 있던 넨 샤팟은
인샬라! 잔잔한 미소를 짓는다

이 여린 바까오 나무가 지진해일을 붙잡아주고
연약한 우리를 지켜줄 수는 없겠지요
그러나 자꾸 절망하려는 우리의 마음은
붙잡아 줄 수 있을지도 몰라요
오늘 하루에도 몇 번씩 울부짖고 싶고
죽어간 가족들과 약혼녀가 생각나 미칠 것만 같고

폐허가 된 마을 재건이고 뭐고 다 포기하고
그만 밀림으로 들어가 총을 들고 싶은 마음이에요
힘내자고 마음먹어도 자꾸만 무너져요

핏빛처럼 붉은 아체의 석양 노을이
넨 샤팟의 눈물 방울에 어리고 있었다

이 어린 바까오 나무가
지진으로 갈라진 내 마음에
질긴 뿌리를 내려 주면 좋겠어요
어릴 때부터 파도 소리를 듣고 자라났는데
아체에서 가장 똑똑하다는 형들이 하나둘
밀림으로 들어가 전사했다는 소식이 올 때마다
바닷가에 홀로 앉아 파도와 함께 울었는데
이 녀석도 파도 속에 울며 자랄 운명이네요

넨 샤팟은 바닷물 속에 무릎을 꿇고
어린 바까오 나무를 하나하나 심어가며
그 곁에 지지대를 박아 주는 것이었다
절망의 밑바닥에 뿌리 박지 않은 것은
진정한 희망이 아니라는 듯 단단히, 단단히
파도 속에 어린 바까오 나무를 심는 것이었다

아체의 고아들

희망의 깜빙 나누기

자카르타 고아원을 들렀다. '희망의 깜빙'을 나눈 고아
원이다. 예고 없이 고아원에 들어서자 아이들이 멀리
서 알아보고 우르르 깜빙처럼 달려들었다. 마치 '아
빠!' 하고 달려오는 것처럼 반갑게 매달린다. 히잡을
쓴 대여섯 살 난 소녀들도 안아 달라고 매달리고 사내
녀석들도 손등에 입을 맞춘 뒤 손을 끌어당기며 깜빙
을 몰고 와 보여준다. 아이들은 신이 났다. 아이들에게
깜빙을 후원하는 분들의 이름이 적힌 현수막을 전해
주니까 이 현수막을 걸어 놓고 단벌 예배복을 갈아입
고 나와 한 시간 동안 감사 기도를 드렸다.

아이들에게 나누어진 깜빙은 건강하게 잘 자라고 있
었다. 처음엔 아이들이 수업시간까지 빼먹으며 깜빙하
고만 놀아 걱정이었는데 요즘에는 적절히 잘 조절하며
논다고 한다.

약속이 제대로 지켜졌는지 깜빙 숫자를 헤아려 봤더
니 약간 부족했다. 어떻게 된 거냐고 물었다. 고아원
관리자는 빙그레 웃으며 말한다. "그 깜빙들은 아이들
의 뱃속에서 잠들어 있어요." 하긴 아이들을 안을 때
너무 가벼워 속으로 깜짝 놀랐다. 영양실조 때문에 골

고아들과 깜빙. 희망의 깜빙 나누기는 현지에서 화제가 되어 그 이후 많은 고아원들이 이 모델을 따르기로 했다.

절상도 자주 입는다. 이런 실정인데 깜빙을 1년, 2년 키워 늘려 갈 생각만 할 수 있겠는가. 당장 아이들 뱃속에서 '부활하시게' 하는 것, 그것도 중요하다. 역시 현장 실천이 모든 진리의 검증이다. 모든 이론은 허공을 나는 씨앗들이고 영원한 것은 대지에 뿌리내린 저 푸른 생명의 나무들이 아닌가. 희망의 깜빙 나누기는 현지에서도 화제가 되어 상당한 파장을 몰고 온 모양이었다. 그 이후 많은 고아원들이 이 모델을 따르기로 했단다.

자카르타 고아원을 운영하는 뚜띠 여사는 이슬람 대학의 총장이자 명문 귀족 출신으로, 사회복지부 장관을 두 차례 지낸 저명한 인물이다. 그러나 그녀에 대한 여론은 반드시 우호적인 것만은 아니었다. 불우한 아이들을 앞세운다는 의혹도 사고 있었다. 세계 여성이슬람협회 부회장 겸 아시아 여성이슬람협회 회장이라는 것이 작용했는지 이번에 리비아의 카다피로부터

150만 달러의 후원을 받아냈다고 한다. 그러나 아이들 밥 먹는 것을 보니 거의 소금과 기름에 볶은 맨밥뿐이어서 그녀에 대한 소문이 사실일지 모른다는 생각이 들었다. 그녀의 집은 호화로운 대저택에 고급 외제차를 굴리고 있어 대조적이었다. 얼마 전에는 어떤 현명한 자선가가 아체 고아들에게 직접 한 명 한 명 현금 봉투를 전달해 주었는데 그가 돌아서자마자 모두 강제로 걷어 들였단다. 고아들이 언론사에 연락하고 항의 시위까지 벌였는데 묵살되고 말았다는 귀띔도 듣고 있었다. 내가 깜빙이라는 '창조적 나눔' 방식을 택했던 것은 그런 문제의 가능성을 어느 정도는 차단해야겠다는 속마음도 있었다.

깜빙 사육장을 둘러보다가 한 광경을 보고 깜짝 놀랐다. 한 아이가 사육장 우리에 수갑으로 손이 묶여 있었다. 내가 놀라서 다가가니 그 아이가 밝게 미소를 짓더니 철커덕철커덕 손을 풀어낸다. 혼자 장난을 치는 것이었다. 왜 그런 놀이를 하느냐고 한 뒤, 잠깐 어디 갔다 돌아오면 녀석은 또 수갑을 채우고 있었다. 그 우스꽝스런 모습에도 나는 웃음이 나오지 않았다. 식민 본국의 수도인 자카르타에서 맞이할 자신들의 미래에 덧씌워진 운명의 사슬을 저 아이도 본능적으로 느끼고 있는 것일까? 하지만 아이는 웃고 있다. 그래, 저 미소와 맑은 눈동자는 이 운명의 족쇄를 스스로의 힘으로 기필코 풀어내리라는 도도한 의지의 싹일지도 모른다.

아체의 고아들을 자카르타로 데려간 것은 3.1운동 때 민중을 학살한 일본 권력층이 그로 인해 생긴 고아들을 도쿄로 데리고 간 것과 다를 바 없다. 이 아이들의 정체성은 어떻게 될까? 언어도 문화도 다르고 아는 사람도 하나 없고, 날마다 뉴스에는 아체 전쟁과 자유아체운동 게릴라 학살 소식이 흐르는 자카르타에서 어

한 고아가 깜빙 사육장 울타리에 수갑으로 자신을 묶어 놓는 장난을 하고 있다. 자신들의 미래에 덧씌워진 운명의 사슬을 본능적으로 느낀 것일까? 그러나 저 미소는 운명의 족쇄를 스스로의 힘으로 기필코 풀어내리라는 의지의 싹일지도 모른다.

떻게 자라날까? 갑자기 '적국'의 대도시에 내던져진 아체 고아의 처지를 생각하면서 자카르타 시내를 바라보자 마음이 착잡했다.

세 가지 경로의 아체 고아들

아체의 고아는 아체의 사회상을 대변하고 있다. 아체 고아는 세 가지로 분류된다.

첫 번째는 가난이 만든 고아다. 오랜 식민상태에서 자원을 착취당해 인도네시아에서 가장 가난한 아체 땅이다. 이 가난은 정치적이고 사회적인 성격을 띠고 있어서 고아들을 많이 만들어낸다. 두 번째는 정치적 고아들이다. 인도네시아 정부는 지금까지 자유아체운동을 하는 사람들을 밤마다 학살해 왔다. 자유아체운동과 직접 관련이 없는데도 게릴라들이 활동하는 지역이라는 이유만으로 한 마을을 초토화하곤 했는데, 그렇게 학살당한 부모 품에서 살아나오는 아이들이 있다. 총에 맞거나 칼에 찔려 죽어 가면서도 자식만은 온몸으로 감싸안아 지킨 것이다. 그렇게 죽어 간 부모 품에서 기적적으로 살아난 아이들이 인근 마을에서 발견되곤 한다. 생명의 본능으로 몇 킬로미터를 굴러 기어간 것이다. 그러나 그런 신분의 아이를 키우면 자신도 위험해지기 때문에 대개 고아원으로 넘겨진다. 이 아이들은 고아원에 가면 신분 위장을 하고 절대로 입을 열지 않는다. 서너 살밖에 안 되는 아이들도 본능으로 그것을 아는 것이다. 그래서 엄마 아빠 어떻게 되었냐고 물으면 대개 병으로 죽었다거나 쓰나미로 죽었다고 거짓말을 한다. 마지막으로 이번 쓰나미로 생긴 고아들이다.

아체에서 가능한 한 고아원은 모두 들러 보았는데, 대부분 아주 힘겹게 운영되고 있었다.

누룰 후다 고아원의 저녁 식탁. 재정이 어려운 고아 원이었지만 질좋은 음식 이 나오고 가정적인 분위 기가 흐르고 있었다.

밤길을 걷는 어린 하느님

아체 구석에 있는 작은 고아원, 야야산 다야 누룰 후다 Yayasan Dayah Nurul Huda 고아원을 방문했을 때에는 가슴 이 너무 아팠다. 고아원 이름은 어둠 속에 인도하는 등 불, 길 위의 등불이라는 뜻이란다. 정말 캄캄한 밤의 아체 길에서 작은 등불 하나를 만난 듯했다.

내가 찾아갔을 때 마침 저녁식사 시간이었다. 기름 에 볶은 쌀밥에 우리나라 생선찜 비슷한 요리 하나가 전부였지만, 먹어 보니 정갈하고 맛있는 게 영양도 풍 부할 것 같았다. 불시에 찾아간 것이었기 때문에 평소 에도 이렇게 먹고 지낸다는 얘기다. 우선 아이들 표정 부터가 달랐다. 아이들은 어디서나 서로 손을 잡아 주 고, 안아 주고, 다정한 모습으로 서로를 챙겨 주고 있 었다. 장애가 있는 아이도 당당하고 쾌활했다. 고아원 전체에는 자유로운 분위기와 나름의 절도와 따뜻한 가 족애가 흐르고 있었다. 그 이유를 원장과의 대화를 통 해서 알게 됐다.

누룰 후다 고아원 아이들은 어디서나 서로 손을 잡아 주고, 안아 주고, 다정한 모습으로 서로를 챙겨 주고 있었다. 장애가 있는 아이도 당당하고 쾌활했다. 고아원 전체에는 자유로운 분위기와 나름의 절도와 따뜻한 가족애가 흐르고 있었다.

원장 라무 이브라힘Ramu Ybrahim, 43세은 우체국에서 20년 근무를 해 왔다. 한 달에 한국 돈으로 20만 원 정도를 받는데 5년 전부터 이 봉급을 모두 털어 부인과 함께 고아원을 운영해 왔다. 이들 부부가 고아원을 만들게 된 특별한 배경이 있었다. 더없이 착하고 매력적인 그의 부인이 고아 출신이었다. 아내는 늘 "나만 이렇게 행복하면 안 되는데, 안 되는데…." 하면서 괴로워했단다.

아체의 우체부는 좋은 소식을 전할 일이 별로 없다. 늘 마을 골목길을 누비며 집집마다 방문해 고통스러운 소식만을 전하다 보니 버려져 있는 가난한 아이들의 상황을 너무나 잘 안다. 어느 날부터 버려진 아이들을 우체부 가방에 하나씩, 둘씩 담아 집으로 데려오기 시작했다. 그러다가 아이들이 늘어 고아원이 되어 버렸다. 현재 남자 고아가 36명, 여자 고아가 34명이다. 그 가운데에는 이번 쓰나미로 생긴 24명이 있다. 아직도 데려와 길러야 할 고아들이 150명이나 대기자 명단

누룰 후다 고아원 전경. 70명 가까운 아이들이 이곳에서 지내고 있는데, 이곳에 들어오기 위해 대기 중인 아이들도 150명이나 된다.

오른쪽 | 시설이 좁아져 숙소를 증설하던 공사는 어려운 재정 때문에 중단되어 있다.

에 촘촘하게 손 글씨로 적혀져 있다. 공간이 좁고 돈이 없어 더 데려오지 못하는 것이다. 은행빚을 얻어서 아이들 공부방과 숙소를 짓고 있었는데 부인이 병으로 쓰러지는 바람에 공사는 중단되었다.

너무나 어려운 고아원의 상황을 듣고 있자니 나는 연신 줄담배를 피게 됐다. 빚은 많은데 정부나 외국의 구호기관에서 일체의 지원을 받지 못하고 있다. 부인은 유방암에 걸려 사경을 헤맨다. 막 고아원에 온 아이들에게 젖을 물리면 엄마 품이 그리워 젖을 깨물다시피 하며 떨어지지 않는단다. 그런 아이들을 물리치지 못해서 젖을 너무 많이 물렸다. 어려운 형편에서 운영하는 고아원이라 자신을 돌보지 못하고 과로하는 사이 암은 온몸으로 퍼져 이젠 거동도 하지 못하게 됐다. 부인은 자기 때문에 건물 공사가 중단되었다며 돈이 드는 일체의 치료를 거부하고 있다.

대개 고아원을 운영하거나 사회복지사업을 하는 사람들도 자기 가정을 따로 꾸리는 것이 일반적인데 라

생활을 고아들과 똑같이 하고 있는 라무 이브라힘 원장과 무보수 자원 봉사로 고아들을 돌보는 교사들(왼쪽부터).

무 원장은 생활을 고아들과 똑같이 하고 있었다. 자기 자녀들도 그 속에서 똑같이 먹이고 똑같이 키운다.

교사들도 감동이었다. 유클리다Yukhlida라는 30세의 여성은 간호사로 병원에서 3일, 고아원에서 3일 자원 봉사를 한다. 그래야 아이들이 아플 때 병원에 데려가 사정을 해서 무료치료를 받을 수 있기 때문이다. 원장 부인이 쓰러진 자리를 대신해 고아들의 엄마 역할을 하고 있었다. 이클라스Iklas, 34세는 오전에는 운전기사를 하고 오후에는 그 차를 가지고 고아원을 위해 자원 봉사 운전기사가 된다. 남녀 14명의 교사가 모두 이런 식이다. 월급을 받는 사람은 아무도 없다. 그럼 생계는 어떻게 하느냐고 유클리다에게 물어보았다.

"저 자신도 물론 힘들지만 고아들이 짊어진 삶의 무게보다 더 힘들겠어요? 이 아이들은 아체의 불행을 등에 지고 밤길을 걷는 어린 하느님인걸요. …대학을 나와 혜택받은 저는 어떻게 살아야 하나 늘 고민했어요. 저는 이농발여성전사이 된 친구들처럼 그런 용기가 없었어요."유클리다의 눈이 젖어들었다.

남편이 우리 돈으로 월 10만 원 정도를 번다. 당연히 어려운 살림살이다. 처음에는 남편이 이해를 못했다. 유클리다가 간호사로 일하면 남편보다 더 많은 수

입이 보장된다. 그래서 불화도 없지 않았지만 지금은 달라졌다. 오히려 남편이 자진해서 월급 일부를 떼어 이 고아원에 후원할 만큼 적극적으로 변했단다.

지난번에도 큰 후원을 해준 '쌈지'에서 딸기 볼펜을 기증했다. 그 볼펜을 아이들에게 나누어 주었더니 아이들이 "이건 몇 페이지 써요?" 하고 물었다. 아체 볼펜은 노트 서너 페이지를 쓰면 다 떨어진다고 한다. 이 볼펜으로는 노트 한 권을 쓴다고 하니까 "정말요? 마술 펜이네!" 아이들은 환호를 올렸다.

수학은 정직한 것입니다

지금 아이들에게 가장 절실하게 필요한 게 뭐냐고 원장에게 물어보았다. 원장은 뜻밖에도 영어를 배우는 것이라고 대답했다. 아체어와 인도네시아어로는 좋은 책을 읽을 게 없다. 그리고 당장 고아원에서도 영어가 필요하다. 외국 구호기관의 지원을 얻으려 해도 영어 공문을 쓰고 영어 통역이 돼야 하기 때문이다. 하지만 고아원 내에는 영어를 할 줄 아는 사람이 아무도 없고, 영어를 할 줄 아는 자원봉사 교사를 구하는 것도 하늘의 별 따기다. 영어를 할 줄 아는 사람은 비싸게 팔려 다닌다. 영어를 배우려면 비용도 많이 든다. 우리 돈으로 한 달에 10만 원 정도, 1년이면 100만 원을 훌쩍 넘어서는 엄청난 액수다. 그래서 엄두도 내지 못하는 것이다. 역시 제국의 언어가 지닌 위세가 만만치 않다.

나는 아이들 둘만 추천해 달라고 했다. 고아원에는 영특한 아이들이 많았다. 원장은 아체에서 묵히기 아까운 천재라며 우등생 둘을 추천했다. 원장의 자녀들도 우등생이지만 자신의 자녀를 추천하지 않았다.

이샤라Isyarah는 15살의 여자아이다. 수학 선생이 되는 것이 꿈이란다. 왜 수학 선생이 되고 싶으냐고 물었더니 놀라운 대답이 나왔다. "수학은 정직한 것입니다. 아체는 수학이 없는 사회입니다. 왜 저희 부모님처럼 땀흘려 일하는 사람들은 굶주려야 하고, 왜 가족이 흩어져 아이들은 고아원에서 자라야 하나요?"

역시 15살인 바드룰Badrul은 공부도 잘하지만 전자제품에 관심이 많고 뭐든 잘 고치는 재주를 가졌단다. 엔지니어가 꿈일 줄 알았는데 뜻밖에도 경찰이 되고 싶다고 한다. "이 세상의 나쁜 사람들을 다 잡아들이고 싶어요."

내가 물었다. "나쁜 사람이 어떤 사람인데?"

"부정부패한 사람들요. 자기가 필요로 하는 것보다 훨씬 많은 것을 가지고서도 더 가지려고 해요. 그런 사람들 때문에 불행이 생겨요."

"그런데 내가 여러 나라를 다녀봐도 경찰이 제일 많은 곳이 아체인 것 같은데?"

"그러니까 제가 바로 그놈들부터 잡아들이는 경찰이 될 거예요."

우리는 다들 웃음을 터트렸다. 바드룰이 얼굴이 빨개지며 어쩔 줄 몰라해 "바드룰, 널 보니까 어린 시절의 나를 보는 것 같다."며 함께 웃었다.

어린 시절 나는 경찰이 아니라 청소부가 되고 싶었다. 초등학교 때 우리 가족은 생계 때문에 흩어져 살았다. 서울 창신동에서 포장마차를 하는 어머니를 여름방학 때 뵈러 왔다. 어린 눈에도 서울은 부조리로 가득해 보였다. 정말 내가 사는 시골과는 너무 달랐다. 날이 밝으면 포장마차 하는 어머니와 길거리에서 보내고 밤이면 찌는 듯한 천막으로 돌아오는 서울 생활. 방학이 끝날 때쯤 다시 고향으로 돌아가야 했다. 지금은 수녀가 된 어린 막내는 엄마와 떨어지지 않겠다고 길거리에서 울부짖고…. 우울한 마음으로 밤중에 전라선

"수학은 정직한 것이다. 아체는 수학이 없는 사회다." "부정부패한 사람들을 다 잡아들이고 싶다." 수학 선생이 되고 싶은 이샤라와 경찰이 되고 싶은 바드룰.

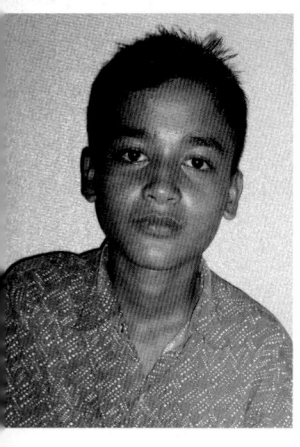

열차를 타고 내려오는데, 옆에 있는 아저씨들이 말을 걸었다.

"너, 야무지게 생겼다. 나중에 뭐 될래?"

아저씨들이 기대하는 대답은 뻔했다. 당시 아이들의 꿈은 최소한 '대통령'이나 '장군' 정도는 돼야 했다. 그냥 묵묵히 있으려니 자꾸만 귀찮게 해 마지 못해 대답했다. "청소부요!"

의외의 대답에 머쓱해진 한 아저씨가 "하긴 청소국장 자리도 괜찮은 자리지." 하고 말했다. 물론 내가 말한 청소부는 그런 청소부가 아니었다. 나는 세상의 부조리를 말끔하게 청소하고 싶었다.

이샤라와 바드룰의 영어 공부를 지원해 주기로 했다. 이 두 아이에게만 특혜를 주게 되면 다른 아이들의 불만이 없을까 걱정했는데 모두가 그 선택에 공감하는 분위기였다. 대신 이 두 아이가 대표로 영어를 배워서 3개월 뒤부터는 다른 아이들에게 하루에 한 시간씩 가르치기로 약속을 받았다. 잠시 후 저녁 기도 시간이 되어 함께 했다. 단벌 예배 옷이 싸구려 인조견이라 아이들은 비좁은 공간에서 땀을 뻘뻘 흘리면서도 눈물어린 기도를 바친다.

다음날 오전, 나는 다시 한 번 예고 없이 고아원을 들렀다. 나는 성금을 전달하는 심부름꾼이다. 내게는 그 성금이 쓰일 곳을 잘 선택할 의무와 창조적으로 잘 쓰이게 할 책임이 있다. 나의 선택이 옳았는지 고아원을 다시 살펴보고 싶었다. 어제는 살림살이며 아이들의 생활을 세세히 둘러보지는 못했다.

'신의 손'을 가진 아이

고아원 입구에서 교사들이 아이들을 화사하게 단장시키고 있었다. 오늘 학교에서 잔치가 있단다. 이런 날일

수록 이 외로운 아이들이 더 외로워지기 때문에 정성 껏 단장을 시킨다는 것이었다. 전통의상을 입은 아이 들이 환하게 웃는 모습이 얼마나 예쁜지 시간이 있었 다면 나는 학부모가 되어 손을 잡고 학교에 함께 가고 싶은 마음이 들었다.

　남자 아이 한 명이 이불 빨래를 하고 있었다. 남자가 창피하지 않으냐고 툭 건드려 봤더니 "제가 힘이 세거 든요." 씨익, 웃는다. 남자 아이들끼리 당번을 정해 돌 아가며 공동 빨래를 하게 되어 있다. 손을 걷고 잠시 빨래를 거들었다. 정원에는 정성껏 꽃을 가꾼다. 부엌 은 턱없이 좁고 식기도 조악한 플라스틱 그릇이었지만 정갈하게 정리되어 있다. 누추해도 기품 있는 살림살 이다. 숙소는 좁아서 칼잠을 자야 할 형편이고 시설도 낡았다. 하지만 아이들 잠자리에 모기장을 일일이 쳐

학교에서 잔치가 있는 날. 교사들은 이런 날일수록 고아들이 더욱 외로움을 타게 된다며, 여염집 아이 들보다 훨씬 더 예쁘게 단 장을 시켜 주었다.

준다. 자카르타 고아원은 시설이 좋은데도 아이들이 온통 모기 벌레에 물려 피부병으로 고생하고 있던 것과 대조적인 모습이다.

어디서 나왔는지 귀여운 아기 깜빙 한 마리가 마당을 돌아다니고 있었다. 쓰나미 때 떠내려 온 '고아 깜빙'이란다. 이 고아 깜빙의 주인은 마침 학교에 가고 없어 만나지 못했다. 그 아이의 별명이 '신의 손'이다. 동물을 끔찍이 좋아하고 치료를 잘한다. 처음 발견됐을 때만 해도 다리가 부러지고 거의 죽기 직전이었는데 그 아이가 매일 약초도 캐 오고 정성껏 보살펴 살려냈다. 그렇게 그 아이가 살려낸 동물은 그 깜빙만이 아니었다. 쓰나미에 휩쓸려 다리가 부러지고 눈까지 먼 어린 송아지도 살려냈다. 금방 죽을 것 같아 다음날 잡아먹어야지 했던 송아지가 밤중에도 멈추지 않는 아이의 극진한 보살핌에 20여 일 만에 소생했다. 고아원을 돌아다니는 병아리와 닭도 모두 그 아이의 손을 거친 것들이었다. 동네 사람들은 자기 집 동물이 아프면 이 아이에게 온다.

살아 있어요, 가이아

원장 부인 누르마르 가이아Nurmar Giah, 39세 여사는 외로운 골방에 두 눈만 퀭하게 뜬 채 **뼈**만 남은 앙상한 모습으로 누워 있었다. 몸도 움직이지 못하고 반신불수로 입마저 비틀려 식사도 떠넘기지 못한다. 고아로 자라면서 어른이 되면 맨 먼저 불쌍한 고아들을 보살피는 일을 하리라고 어린 시절부터 다짐했던 그녀. 성품 좋은 남편을 만나 행복한 가정을 꾸리고 살아가게 되자 그 작은 행복마저 오히려 미안했던 그녀. 이제 그녀는 버림받은 아체의 여신처럼 골방에 누워 죽음을 향해 가고 있었다.

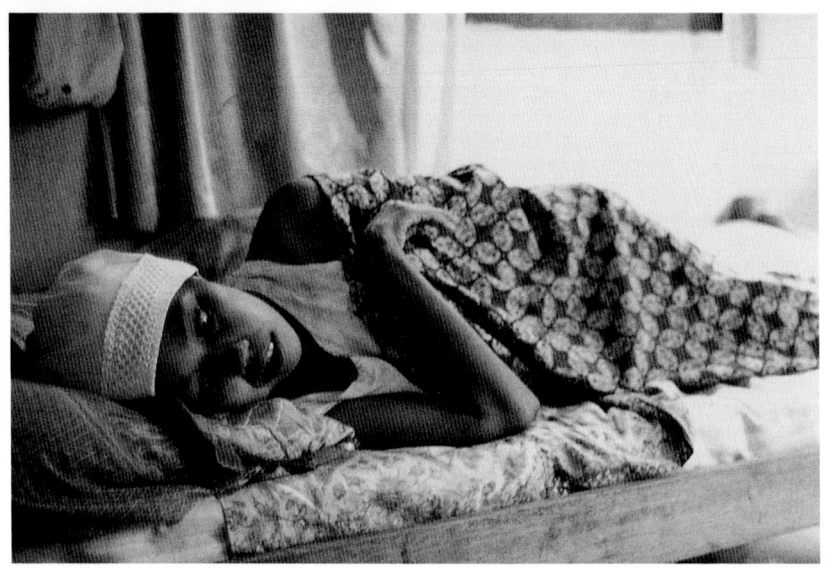

가이아 여사는 대화도 힘겨운 상태였다. 한마디를 하고 쉬는 식으로 띄엄띄엄 대화를 이어 나갔다. 하지만 자신의 고통은 드러내려 하지 않았다. 암이란 병은 고통이 격심하다고 들었는데 고통스럽지 않으냐고 물었더니, 그녀는 별로 아프지 않다고 말했다. 잠시 후, 그녀는 들어와 있던 남편과 교사들을 모두 나가게 했다. 그제서야 나는 그녀의 진실된 대답을 들을 수 있었다. 사람들 앞에서는 아프지 않다고 말하지만, 너무나 끔찍하게 아프다고, 뼈를 짓이기는 것처럼 고통스럽다고 했다. 그녀가 할 수 있는 것은 오직 기도뿐이었다. 견딜 수 없는 극단의 고통을 진통제 주사도 없이 그 작은 몸으로 다 받아 안으며, 신음조차 안으로 삼키며 버티고 있는 것이다.

"다른 식구들에게는… 절대로… 말하지 말아 주세요. 중요한 것은… 아이들이에요. 가뜩이나 어려운 고아원 형편에… 내가… 짐이 되면… 안 돼요." 그녀는 힘들게, 띄엄띄엄, 신신당부했다. 여전히 그녀의 관심은 오직 아이들이었다. 부모가 정치적 학살을 당한 고

암으로 쓰러진 원장 부인 가이아 여사. 어려운 고아원 살림에 짐이 될까봐 치료도 거부한 채, 고아원 한모퉁이 어두운 골방에 누워 뼈를 짓이기는 듯한 고통을 신음조차 안으로 삼키며 견디고 있었다.

아들은 정신적 상처가 깊어 특히 세심한 관심이 필요하다며 걱정하고 있었다. 그리고 자기 때문에 아이들이 지낼 공간의 증설 공사가 중단된 것을 너무나 미안해하며 가슴 아파했다. 남은 성금을 모두 털어 기탁했지만 그녀의 숙원을 이루어 주기에는 턱없이 부족한 금액일 터였다.

우리는 다시 만나자는 인사를 나누었다. 가이아 여사는 내가 다시 올 때까지 살아 있겠다고 약속했다. 하지만 얼마나 오래 견딜 수 있을까? 의사는 한 달 정도 견딜 수 있을 것이라고 말했단다. 나는 그녀의 앙상한 손을 꼭 잡아 준 뒤 일어섰다. 그 짧은 대화마저 너무 힘이 들었을까. 가이아 여사는 스르르 힘이 풀려 늘어지고 있었다.

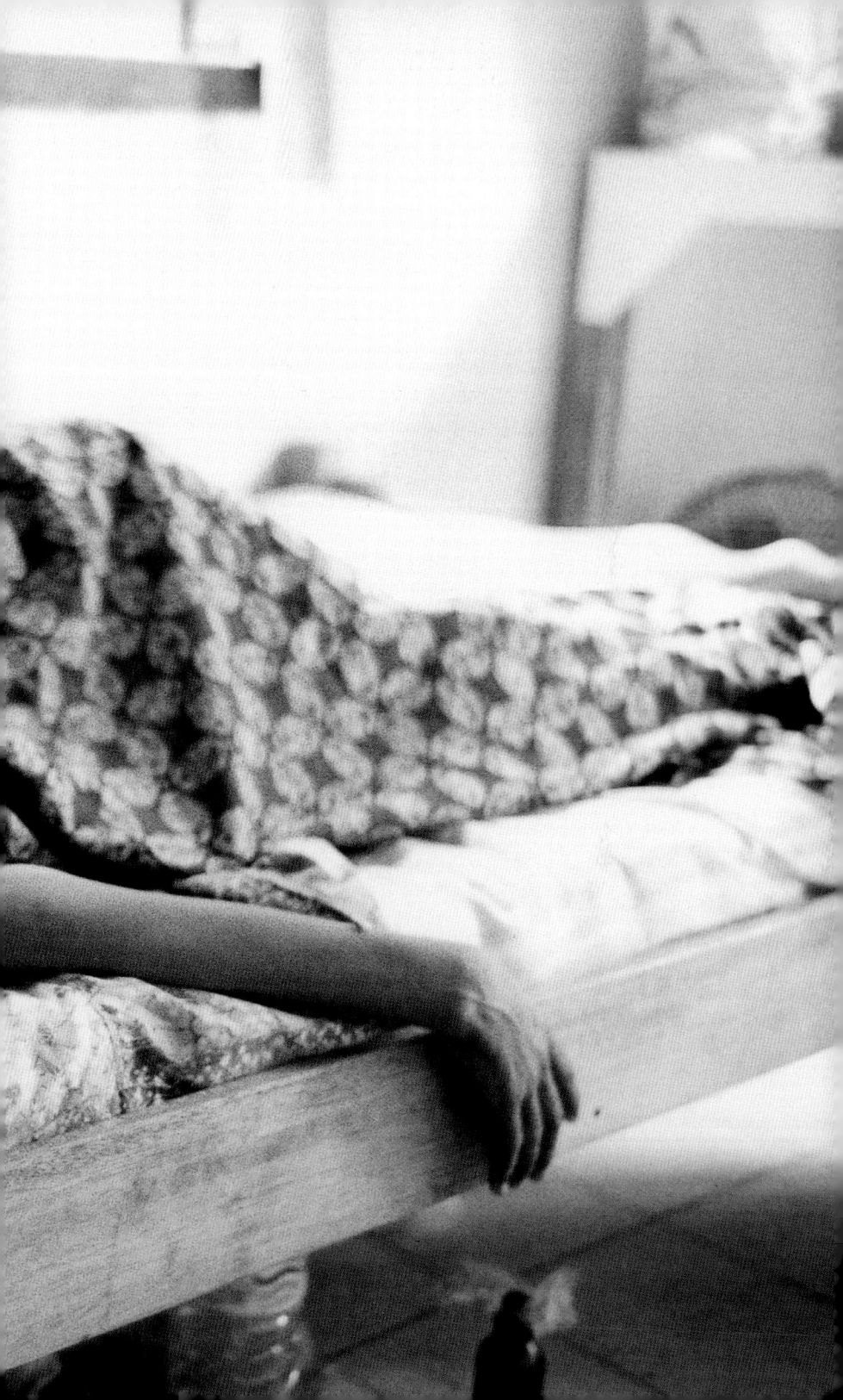

버림받은 아체의 여신이여

누르마르 가이아에게 바침

어둠 속에 고요히 누워 있는 가이아
그녀는 아체의 고아로 자라났다네
배불리 한 번 먹어 보지 못하고
따뜻한 가족을 느껴 보지 못하고
누군가의 품에 안겨 마음껏 울어 보지 못했다네

하늘도 착한 그녀에게 미안했던지
사람 좋은 남자를 보내 주었다네
처음으로 가정을 갖고 아이를 낳아
작은 뜰에는 꽃향기가 그윽하고
집안에는 늘 웃음꽃이 피었다네

언제부터인가 그녀는 괜스레
미안하고 눈물나고 죄송스러웠다네
한 번도 자신을 안아 준 적 없는 세상에게도
너무 일찍 그녀를 던져버린 하느님께도

우편배달부 남편도 그녀의 마음을 알아챘던지
늘 가난한 사람들에게 슬픈 소식만 전해야 하는
자신의 우편가방에 버려져 우는 아이들을
하나 둘 담아 오기 시작했다네

박봉을 털고 결혼반지를 팔고 작은 집을 내놓고
두 사람은 고아들과 한 밥상에 둘러 앉아
똑같이 먹고 똑같이 자고 내 자식이건 고아들이건
같이 입히고 같이 젖 물리고 같이 공부시켰다네

어느 날부터인가 그녀는 젖가슴이 아파 왔다네
너무 많은 고아들은 너무 작은 그녀 가슴에 안겨
너무 많은 젖을 빨아 먹었다네
가난으로 버려진 아체의 아이들,
총살당한 부모 품에서 살아나온 아이들,
쓰나미로 홀로 남아 울고 있는 아이들,
그녀는 자신의 가슴에 젖이 마르고
피가 나오기 시작한다는 걸 알면서도
배고프고 사랑이 고픈 저 아이들을
차마 물리칠 수가 없었다네

그녀의 젖가슴에는 몹쓸 암이 생겨나
하루 하루 전신으로 퍼져 나갔다네
이제 아이들은 다시는 그녀 품에 안길 수 없게 되었지만
한참 크는 아이들은 어두운 골방에 누워 죽어가는
젊은 어머니를 금세 잊어버리곤 한다네

그녀는 누워서도 미안하기만 하다네
병들어 짐이 되는 자신을 미안해하고
아이들을 돌보지 못하는 자신을 미안해하고
자신을 만나 빚만 지고 고생만 하는 남편에게 미안해하고
병원에 가자는 것도 미안해하면서 그녀는
오늘은 어느 아이가 아픈가
오늘은 어느 아이가 힘든가
오늘은 어느 아이가 슬픈가만 챙기며

반신불수로 비틀려 가는 입에서는 오직
라압......미안하다
알 함두릴라......감사하다
아꾸찐따 빠따무......사랑한다
세 마디만 띄엄 띄엄 되뇌인다네

이제 그녀는 아체의 어둑한 구석방에 누워
뼈아프게 파고드는 암조차 따뜻이 껴안으며
하루하루 고요히 기도하며 죽어가네
아체의 고난과 불행을 그 작은 몸에
다 품고 가겠다는 듯이
아체 아이들의 미래에 드리운 어둠을
다 끌어안고 묻히겠다는 듯이

세상은 그녀에게 미소 한 번 주지 않았지만
그녀는 버려진 세상을 다 품고 가시네
그녀는 세상의 가정에 빚진 것 하나 없지만
이 지상의 가정들은 그녀에게 빚진 게 없을까

그녀는 자신을 너무 일찍 따서 버리고
자신의 작은 젖가슴을 너무 많이 빨아 가고
이렇게 다시 너무 일찍 내던져 버린
세상을 조금도 원망하지 아니하고
라압......미안하다
알 함두릴라......감사하다
아꾸찐따 빠따무......사랑한다며
가난과 공포와 절망이 자욱한 아체의
어둡고 습기찬 구석방에 누워
버림받은 여신처럼 죽어 가시네
어둠 속의 별처럼 사라져 가시네

다시 시작된 공포

참혹하게 아름다운 여인

반다아체의 자연 풍광은 아름답기 그지없다. 잘 알려진 발리보다 결코 뒤떨어지지 않는다. 다만 인도네시아의 오랜 식민지배로 외국인 출입이 통제되어 왔기에 관광 인프라가 갖춰지지 않았을 뿐이다.

람레 마을 가는 해변도로를 달리다 정말 매혹적인 풍경을 만났다. 이리저리 찢긴 듯한 쓰나미의 상흔 사이로 상처입지 않은 맨살처럼 눈부신 해변이 펼쳐진다. 오른쪽은 쭉쭉 뻗은 몸매로 바람결에 검푸른 머리칼을 날리는 야자나무숲이 울창하고 산언덕엔 온갖 꽃들이 피어 있다. 맞은편은 끝없이 푸른 수평선이 투명한 옥빛 자락으로 흰 모래사장을 부드럽게 쓸어 준다.

그러나 이 아름다운 풍경조차 처연하게만 다가온다. 쓰나미의 상흔 때문만은 아니다. 자연에도 내면의 표정이 있다는 걸 아체에서만큼 명징하게 느낀 적은 없었다. 마치 연인을 잃고 치명적인 마음의 상처를 입은 미모의 여인처럼, 그 눈동자와 손가락과 입술과 등허리까지 슬픔이 뚝뚝 묻어 흐르는, 그래서 품었던 욕망마저 서늘해지는 풍경. 아체인의 절망과 슬픔을 제 안으로 품어 안고 말없이 흐느끼며 서 있는 것만 같다.

참혹하게 아름다운 여인의 모습, 내상의 풍경이다.

"나에게 총 한 자루만 있다면…"

반다아체는 외국인들이 떠난 뒤 행정 조직이 복구되어
활동을 재개했다. 행정 조직이 가동된다는 것은 계엄
통치가 다시 본격화한다는 것이다. 가는 곳마다 장갑
차고 무장 경찰이고 바리케이드다. 한밤중에도 번뜩이
는 것은 차가운 총구뿐이다. 난민구호와 복구사업은
계엄정부의 관심사가 아니다.

람레 마을 근처 폐허가 된 마을에는 판잣집 한 채가
세워져 있었다. 예닐곱 명의 사람들이 망연한 표정으
로 앉아 있는데, 모두 여자들이고 남자는 단 한 명 끼
어 앉았다. 조심스레 다가갔더니 그 남자가 대뜸 "와,
정말 반갑습니다!" 한국말로 인사를 하는 것이 아닌
가. 깜짝 놀랐다. 아체인들은 월드컵 이후 코리아를 잘
알지만, 코리언은 만나보지 못해서인지 나를 보면 재
패니스? 차이니스? 하고 묻는 게 보통이다. 알고 보니
부천에서 이주노동자로 2년 동안 일했단다. 지금 우리
나라, 특히 마산 창원지역에는 인도네시아 국적의 아
체 노동자들이 많다. 우리는 금세 친해져서 마음을 터
놓고 친구가 됐다.

그는 "한국에서 많이 맞고 억울하고 분했는데, 여기
까지 찾아준 당신을 봐서 다 용서할게요." 하며 너털웃
음을 터트린다. 나는 "이럴 땐 '죄송합니다' 하지 않고
'스미마셍' 하는 게 좋겠지요?" 우스개로 답했더니 여
자들까지 폭소가 터진다. "웬 여자 복이 그리 많으세
요? 아체에 여자가 너무 없어 '일처다부제' 소리가 나
오는데 당신만 '일부다처제'면 계엄군이 가만 두겠어
요?" 했더니 대뜸 성난 목소리로 계엄군 놈들 다 총으
로 쏘고 싶단다. 한국에서 고추장 김치에 소주를 많이

먹어서 과격해졌느냐고, 계엄군이 듣겠다고 했더니 "아, 정말 이럴 땐 두부찌개에 소주 한잔 해야 하는데…." 그리움에 젖어든다. 이 여인들은 과일 야채를 이고 산간마을 시장으로 팔러 나갔는데 그때 쓰나미가 마을을 덮쳤단다.

"쓰나미 4개월이 넘도록 주민들에게는 구호금이 하나도 돌아오지 않고 있습니다. 최근에 들어서야 1인당 하루 300원씩이 지급되고 있는데, 그나마 그 돈을 주면서 '쓰나미 정치'를 합니다. 혹시 주위에 자유아체운동 하는 사람 없느냐면서 밀고를 강요하고 주민 이간질을 시키는 거죠. 그뿐입니까, 인도네시아 앞잡이 노릇 하는 민병대나 마을 유력자들만 구호금을 가져갑니다. 부정부패가 상상할 수 없습니다. 그들에게 미운 털박힌 동네나 사람들은 단돈 100원 한푼 주지 않습니다. 정말이지 더러워서 안 받습니다."

쓰나미 때 병영과 무기고가 무너져 탄약이 통째로

이 마을은 여자들만 살아 남았다. 유일한 남자 생존자는 총 한 자루만 생기면 산으로 들어가 자유아체를 위해 투쟁하는 게릴라가 되고 싶다고 말했다. 그는 사진 왼쪽 밖에 앉아 있다.

떠돌아다녔다. 그는 그것을 주워서 집에 쌓아 놓았단
다. "누가 나에게 총 한 자루만 사 주면 나도 저항운동
에 나서고 싶습니다."

옆에 있던 부인은 수심 가득한 얼굴로 "우리 남편 좀
한국으로 도로 데려갈 수 없나요? 이 사람은 하루에도
몇 번씩, 살아남은 남자라면 산으로 들어가 총을 잡아
야지, 총을 잡아야지, 이런 말만 합니다. 걱정이 돼 밤
에 잠이 오지 않아요." 부인이 너무 불안해하는 것 같
아서 "한국에서는 남편 같은 스타일이 아주 매력 있는
남자라서 한국 여자들이 가만두지 않을 텐데 그래도
괜찮아요?" 했더니 "그건 절대 안 돼요. 차라리 제가
바다에 빠지죠." 눈을 흘기는 바람에 다들 또 한 번 웃
음이 터졌다. 우리는 모처럼 긴장을 풀며 이야기꽃을
피우다 반다아체 시내로 돌아왔다.

레크 광장의 코끼리 상

레크 광장에는 새끼 깜빙만한 코끼리 상이 서서 광장
을 굽어보고 있다. 아체 주민들이 가장 혐오스러워하
는 동상이다. 인도네시아 계엄군이 아체에 들어오면서
자신들의 군복에 새겨진 상징마크를 이렇게 올려 놓았
다. 내가 사진을 찍고 있으니, 길가의 오토바이 택시기
사들이 저놈의 코끼리 좀 한국 가져가서 동물원에 처
넣어 버리란다. 100미터에 한 번꼴로 무장 경찰 초소
나 검문을 만난다. 출근 시간처럼 인구이동이 많은 시
간에는 그 간격이 더 좁혀진다. 그리고 500미터 간격
으로 계엄군 장갑차가 버티고 서 있다. 100명 이상 사
람이 드나드는 곳이면 무장 계엄 분소가 설치되어 있
다. 정말이지 아체는 계엄군과 무장 경찰이 훨씬 더 많
다. 여자와 아이들보다 더 많고, 밥집과 찻집보다 더
많고, 학생과 선생보다 더 많고, 나무와 꽃보다 더 많

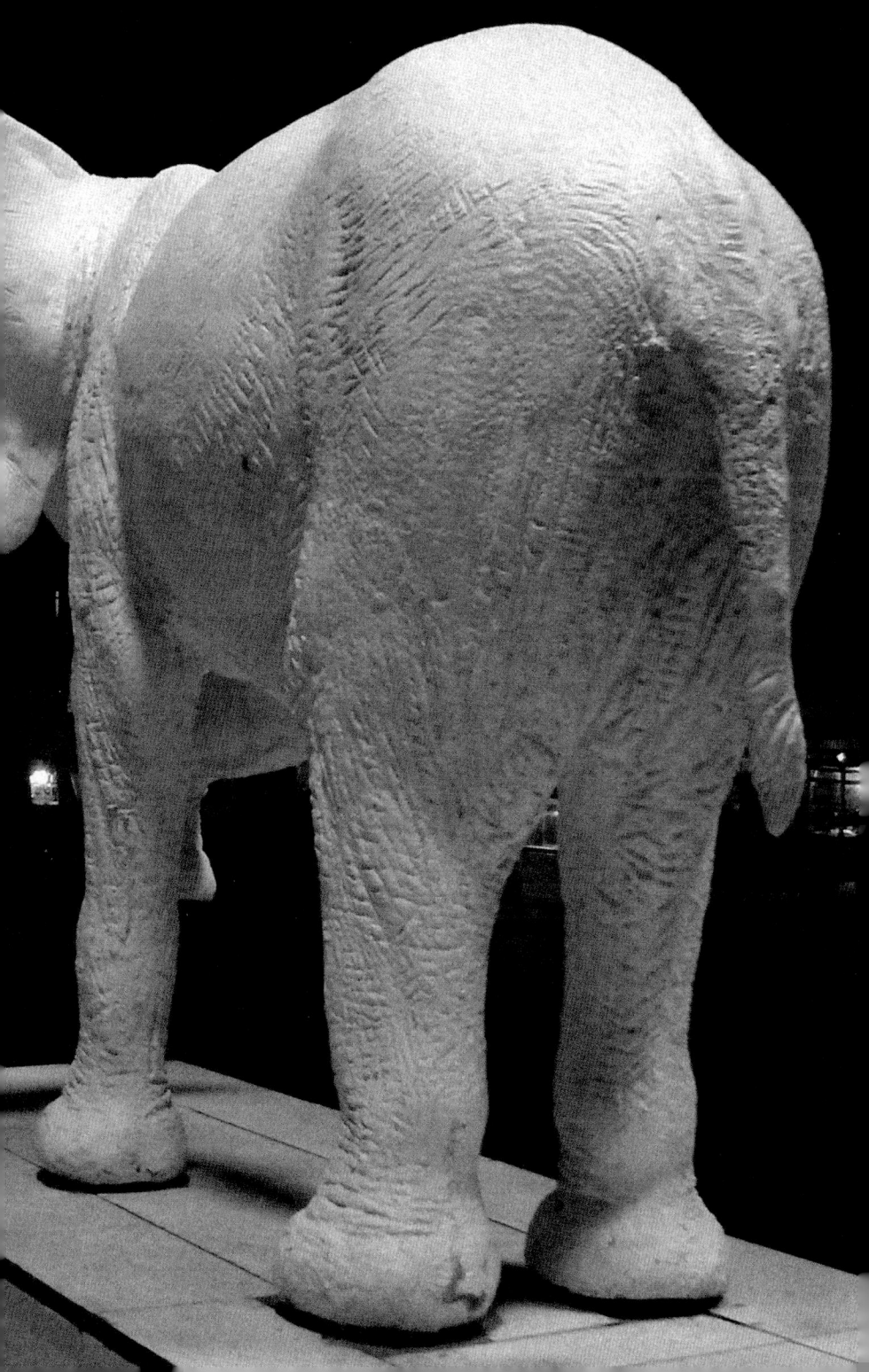

반다아체 곳곳에서 마주
치는 무장경찰. 인도네시
아에서 파견한 계엄군, 무
장경찰, 아체인들을 회유
해 조직한 민병대 등 주민
을 감시하는 병력이 주민
보다 많을 지경이다.
앞 페이지 | 어두운 레크
광장을 굽어보는 코끼리
상. 아체 사람들에게는 가
장 혐오스러운 물건이다.
아체를 짓밟은 인도네시
아 점령군의 상징이기 때
문이다.

고, 깜빙과 짐승보다 더 많다.

아체는 지금 외국인들에 대한 집중 감시령이 내려진
상태다. 유사시에는 발포해도 좋다는 명령까지 내려져
있다고 노골적인 협박이다. 나도 사람들이 지켜보는
가운데 한 차례 연행되어 조사를 받아야 했다.

나는 기자도 아니고 외교관도 아니고 아무 직책도
힘도 없는 처지다. 그런데도 주민들은 내 앞으로 몰려
들어 자신들의 억울한 상황을 호소한다. 사회 전체가
감옥이 되다시피 한 처지에 놓인 그들에게는 그렇게
만나는 외국인이 세계 공론에 호소할 수 있는 유일한
창구나 다름없기 때문이다. 아체는 외부의 시선과 관
심이 쏟아지고 있을 때와는 너무 다른 세상으로 돌아
가 있었다.

"세상에 이럴 수가 있는가? 외국인이 다 빠져나가니
까 해도 너무한다."

"어젯밤 저쪽 마을에서 죄없는 청년을 이유도 없이

총살했다."

"부정부패에 대해서 말도 할 수 없다. 말만 하면 쏴 죽인다."

가는 곳마다 이런 상황이어서 나에게는 집중 감시가 따라붙었다.

지난번에 들렀던 마을 주민들은 반가운 사람이 다시 왔다고 즉석에서 바나나를 튀기고 두부에다 숙주나물을 올리고 잔치를 베푼다. 그러면 동네주민이 금세 모여든다. 그러니까 경찰의 감시에 또 걸려든다. 이제는 아예 우리의 행로가 경찰들 사이에 무전으로 중계가 되다시피 하고 있었다. 그러다가 결국 길에서 연행된 것이다. 그들은 빙 둘러서서 총구를 들이대고 살벌한 눈빛으로 심문을 하고 시비를 걸었다. 체포하고 추방할 건수를 찾는 것이다. 왜 무슬림도 아니면서 '살람 알레이쿰!' _{당신에게 평화를!} 하느냐, 카메라로 무얼 찍느냐, 어디에 쓸 거냐, 아체는 이제 도움이 필요 없으니 돌아다니지 말라는 식이다.

나도 세상 밑바닥의 온갖 거친 친구들 속에서 잔뼈가 굵은 터라, 기 싸움도 하고 담배도 권하고 농담도 후리면서 어찌어찌 카메라와 소지품을 빼앗기지 않고 한 번은 잘 빠져나왔지만 다음에도 그럴 수 있을지 알 수 없다.

상황이 이렇다 보니 아체 양심수 유가족은 물론 외국 언론과 연결이 있는 의식 있는 아체인들은 거의 종적을 감추었다. 쓰나미 기간 동안 르몽드나 가디언 등 외국의 진보 언론과 조금이라도 교류했던 사람은 모두 연락 두절이다.

아체의 개

록스마웨 가는 길

록스마웨는 반다아체에서 전속력으로 차로 달려 5시간 정도 걸리는 곳에 있다. 3모작 지대라 가는 길에 봄 논, 여름 논, 수확중인 논 등 다채로운 풍광을 볼 수 있었다. 그저 관광이라면 너무도 다양하고 멋진 풍광에 흠뻑 매료될 만한 곳이다. 거대한 산악 밀림 지역인 슬라와 산맥은 아체의 등뼈와 같은 곳이다. 슬라와 산맥 도로를 달려 록스마웨에 이른다. 록스마웨는 아체 유전 지하자원의 핵심지역이다.

　세계적 다국적 기업인 액슨모빌이 여기 있다. 미국 오일 산업의 맹주이자, 아프가니스탄과 이라크에 대한 침략전쟁의 숨은 손, 딕 체니와 미국 부시 가문의 돈줄이기도 한 액슨모빌이 바로 이 록스마웨에 빨대를 꽂고 아체인의 골수를 빨고 있다. 인도네시아 정부와 결탁해 거대한 유전자원을 독식하다시피 하고 있는 것이다. 자유와 인권을 중시한다는 미국이 아체 문제에 침묵해 온 이유가 여기 있을 것이다. 한국도 아체의 지하자원과 무관하지 않다. 우리가 쓰는 도시가스와 천연가스 25%가 여기 록스마웨에서 빨아올린 것이다.

　록스마웨는 아체의 수도인 반다아체보다 훨씬 번화

하다. 아체 청년들은 록스마웨를 한번 보고 나면 눈이 뒤집히고 만다. 마치 지방 군 소재지에서 살던 사람이 서울 강남의 번화가에 간 듯한 정도의 차이가 있는 것이다. 그러나 아체의 자원인데도 아체인들만 그 혜택에서 소외되어 있다는 사실에 생각이 미치면 비분을 견디지 못한다.

빈부격차가 극심한 지역이었다. 화려하고 번창한 록스마웨 거리 곳곳에는 맨발의 아이들이 구걸을 하고 있었다. 서너 살밖에 안돼 보이는 아이들부터 열 살 아이들까지 너무 야위고 질병투성이다. 아무 표정도 말도 없는 어린이들이 손을 벌리며 아기 유령처럼 졸졸 따라다닌다.

그러고 보니 반다아체에는 거지 아이들이 단 한 명도 없었다. 아무리 가난해도 아이들은 강한 자존심을 보였다. 고아들도 폐허 터에서 고철을 모아 팔고 청소를 하고 물을 긷고 장작을 패고 구두를 닦으며 떳떳이 일했다. 외국인에게 손 벌리는 아이들은 한 명도 보지 못했다. 그러나 록스마웨에서는 맨발의 어린 아이들이 매연 가득한 위험한 도로에서 차만 멈추면 달려와 손을 벌린다. 식당에도 길거리에도 빌딩 입구에도 구걸하는 아이들의 생기 없는 퀭한 눈망울이 줄지어 흘러다닌다.

'발리에서 생긴 일' 그 후

수하르토Soeharto를 가리켜 누군가는 '박두환'이라고 표현했다. 박정희와 전두환을 합친 인물이라는 것이다. 수하르토 소장은 반공을 내세우며 군사 쿠데타로 집권한 뒤, 최대의 천연가스 생산지에다 유전과 비옥한 농지와 밀림의 목재를 지닌 아체를 점령하고 무력통치와 수탈의 시대를 열었다. 1965년 11월부터 1년 동안 인도네시아 전역에서 200만 명 이상 300만 명에 달하는 시민이 '빨갱이'로 몰려 학살당했다.

우리가 잘 아는 '지상낙원의 섬' 발리만 해도 인구의 10%인 20여만 명이 살해당했다. 그것이 우리가 모르는 '발리에서 생긴 일'이다. 40년이 넘는 지금까지도 이러한 진실이 입 밖으로 새어나오지 못하고 있다. 발리의 환상적인 파도와 해변과 계곡과 언덕의 아름다움 뒤에는 이렇게 재갈 물린 발리인의 신음이 흐르고 있는 것이다. 발리에서 폭탄 공격이 자주 터지는 것도 이러한 학살과 침묵의 역사에 뿌리를 두고 있다.

대규모 학살을 통해 아체를 장악한 수하르토는 70년대 초 록스마웨 일대의 땅을 '플라스틱 깔아 놓은 값보다 더 싼 값으로' 강제수용하여 액손모빌에 넘겼다. 그리고는 군인들을 동원해 모든 불만을 눌러 왔다. 그래서 지금도 록스마웨는 군사작전의 중심지다. 전시와 다름없는 공포와 긴장이 일대를 짓누르고 있다. 거리는 온통 장갑차 천지다. 슬라와 산맥의 밀림은 자유아체운동(GAM) 게릴라의 거점이기도 해서 쓰나미 전에는 몇 시간 간격으로 총격전이 벌어지곤 했다.

그래서 록스마웨 사람들은 자동차 경적소리만 울려도 가슴이 벌렁거린다. 이곳에서 정치 사회 문제를 화제로 띄워 올리는 건 절대 금기이다. 지직거리는 TV를 켜 놓고 스포츠와 헐리우드 영화나 보면서 차가운 유머나 던져야 한다.

정치와 사회에 대한 깨어 있는 의식은 삶의 등뼈와 같은 것이다. 아무리 박식한 지성도, 세련된 문화예술도, 고도의 영성도 현실생활의 밑바탕인 정치와 사회에 대한 올바른 인식을 결여하고 있다면 제대로 서 있을 수 없는 것이다. 인간성의 등뼈를 꺾인 사람들, 척추 꺾인 도마뱀 같은 사람들의 눈빛과 생활은 한 마리 밥

벌레, 그것도 비굴한 밥벌레 신세와 다름없게 된다.

록스마웨에서 꽤 진보적이라는 언론인을 소개받아 그의 사무실에서 한참 대화를 나누었다. 그의 부인도 언론인이고 사업가였다. 부친은 저명한 독립운동가이자 유지였단다. 그는 유럽의 영향력 있는 매체의 통신원이기도 하다. 그런데 실망스러웠다. 그에게서는 도무지 '등뼈'를 느낄 수 없었다. 나는 그를 소개해 준 사람의 안목을 의심할 지경이었다. 아체 현실에 대한 핵심적인 질문은 통역을 못 알아듣는 척 딴청부리고, 갑자기 전문가에서 어리버리한 사람으로 변신하는 연기가 경지에 달한 사람이었다. 가문의 영광을 내세우며 돈을 밝히는 느끼함도 도가 지나친다. 록스마웨에도 쓰나미 난민촌이 있기에 그곳을 후원하는 창구를 도맡아 하는 모양이다.

안내하겠다고 따라나서는 그를 물리치고 나섰다. 아체 군사작전의 중심부인 록스마웨 총사령부 마당 안에서는 무장 민병대가 총을 들고 설치고 있었다. 우리는 갑자기 작전지역에 던져진 외로운 낙하산 신세가 된 듯한 느낌이었다. 다른 사람은 연락두절이고 그 사람 하나 믿고 달려왔는데.

"제발 살려만 달라"
록스마웨의 모습은 사진에 담을 수 없었다. 수동 카메라는 아예 꺼낼 수도 없었다. 달리는 차 속에서 작은 디지털 카메라로 사진 몇 장 찍다가 긴급출동한 무장 군인들에게 곧바로 체포되었기 때문이다. 록스마웨에서는 외국인은커녕 외지인 한 명도 찾아보기 어려웠다. 밝은 대낮인데도 도대체 현지 주민들도 별로 보이지 않는다. 거리에는 온통 작전중인 계엄군과 경찰과 술 냄새 풍기는 무장 민병대들뿐이다. 사진은커녕 선팅한

차 창문도 내리기 힘든 분위기다.

첫 번째 체포 이후 빨리 여기를 빠져나가야 한다고 판단했다. 통역을 맡은 후배는 분하고 미안한 모양이다. 그래도 대여섯 시간을 쉬지도 않고 여기까지 달려 왔는데 액슨모빌에 인사는 한번 하고 가야 하지 않겠느냐고 대답도 기다리지 않고 차를 달린다.

액슨모빌은 공항처럼 거대했다. 주변도로에는 인적 하나 없이 삼엄한 정적뿐이다. 철망 울타리 너머로도 움직이는 물체 하나 보이지 않는다.

차를 돌려 나오는데 벌써 무장 군인들이 전속력으로 달려와 차를 가로막는다. 연이어 기관총을 장착한 방탄차가 출동한다. 우리는 반다아체에서 미리 준비해 간 서류를 내밀었다. 쓰나미 구호본부에 등록한 방문 목적 서류였다. 소용없었다. 우리는 강제로 차에서 끌어 내려진 뒤 바닥에 꿇어 앉혀졌다.

내 이마에, 목덜미에, 등과 옆구리에 실탄이 장전된 총구가 차갑게 들이밀어졌다. 나는 주머니 속에 손을 넣어 담배를 꺼내는 척하면서 재빨리 디지털 카메라를 지웠다. 담배도 안 된다며 손을 꺼내라고 명령이다. 눈빛이 살벌하다. 방금 전 전투를 하고 왔는지 검게 탄 볼과 군복에 피가 튀어 있다. 나는 그들을 위협할 아무것도 가진 것이 없는 민간인이고, 외국인이고, 단지 울타리 사진 몇 장 찍은 것밖에 없다. 그러나 아무런 항변이나 저항은커녕 움쭉달싹도 할 수 없었다. 그들은 내 몸에 총구를 찌른 채 뒷걸음질로 액슨모빌 철문 안으로 끌고 갔다. 그들의 손가락은 방아쇠에 올려져 있었다. 작은 충격에도 총은 격발된다. 나는 굴욕감 속에서 두려움에 떨어야 했다. 도무지 법도 상식도 통하지 않는 아체의 상황이 온몸으로 엄습해왔다. 저항하면 그대로 방아쇠를 당겨 슬라와 산맥 계곡 어디엔가 던져 버리면 끝이다. 실종됐다는 서류 한 장이면 모든 처리가 종료된다. 나 때문에 죽음의 위협 앞에 놓인 채 함께 공포에 떨고 있는 통역과 운전기사를 바라보니 더욱 비참했다.

낯선 나라, 인적 없는 낯선 땅에 무릎 꿇려진 채 한 마디 항변도 못하고 살려 달라고, 제발 살려만 달라고, 한 마리 개처럼 떨고 있는 나의 모습, 나의 공포, 그런 내 인간성의 바닥이 너무 비참해서 눈물이 흘렀다.

나의 지난 시절은 저항의 세월이었다. 안기부 지하 밀실의 참혹한 고문 앞에서도, 사형 구형의 순간에도, 무기징역의 암담한 철창 안에서도 단 한 번 무릎 꿇지 않은 나였다. 그러나 지금 이렇게 비참하게 무릎 꿇고 살려 달라고, 제발 살려만 달라고 소리없이 애원하고 있는 것은 도대체 누구란 말인가.

나는 나 자신에 대해 절망하고 있었다. 내가 나를 다시 신뢰할 수 있을까? 내가 나를 다시 사랑할 수 있을까? 나는 나 자신의 인간성을 혐오하며 눈물을 흘렸다. 나는 한 마리 아체의 개였다.

아체의 개

록스마웨 유전지대 한 중심을
제왕처럼 독차지한 액슨모빌
사람 하나 없는 텅 빈 도로에서 사진을 찍다가
긴급출동한 무장군인들에게 체포되었다

철커덕, 기관총이 옆구리를 찌르고
굶주린 야수의 이글대는 저 눈빛
그대로 불을 토할 듯한 방아쇠의 손가락
나는 공포에 질려 아무 저항도 못하고
거대한 철문 속으로 끌려 들어갔다

백주대낮에 아무 죄도 없이
낯선 이국땅에 무릎 꿇린 나는
그 순간 인간이 아니었다
시인도 혁명가도 아니었다
나는 한 마리 아체의 개였다

이 검은 총구들 앞에서 풀려날 수만 있다면
계엄군의 아가리에서 빠져나갈 수만 있다면
나는 개가 되어 짖기라도 하고 싶었다

한 순간의 공포, 불안, 체념, 비굴,
무력감이 하얗게 지나가자
싸늘한 자기혐오, 변명, 울분,
허탈감이 엄습해 왔다

이것이 아체인의 심정, 아체인의 운명,
나날이 반복되는 아체인의 삶이었다
나는 이마를 겨눈 차가운 총구 앞에서
오래된 아체인의 눈물을 흘렸다

한 나라의 정예 군인들이 충성스럽게
미국의 자본을 위해 외국인의 이마에 총을 겨누고
날마다 방탄차로 거리를 누비며 총격을 하는 땅
제 몸의 골수를 뽑아가는 자들이 던져 주는
한 줌 빵 부스러기를 개처럼 다투어야 하는 땅
록스마웨 거리를 맨발로 구걸하러 다니는
수많은 아이들의 휑한 눈동자가 떠올라
나는 검은 총구를 바라보며
마지막 인간의 눈물을 흘렸다

이 압도적인 첨단의 총구들 앞에서
인간으로는 숨쉴 수 없는 땅
제 정신으로는 살아갈 수 없는 땅
인간의 위엄을 지니고는 직립할 수 없는 땅
무거운 가난과 절망과 너무 긴 패배감으로
저마다 제 먹고 살 일에 코를 박고
TV를 켜고 차가운 유머나 던지는
삶에서 정치와 사회와 저항이라는
인간성의 등뼈를 빼내 버려야만
미치지 않고 살아남을 수 있는 땅
이것이 총구 앞에 무릎 꿇린 채
한 마리 개가 되어 떨고 있는
나의 눈물, 나의 아체였다

할 수만 있다면,
내가 구할 수 있는 모든 돈을 모아
저 고독한 밀림의 전사들에게
빛나는 무기를 사 주고 싶었다
아니 할 수만 있다면,
내가 구사할 수 있는 모든 언어로
아체의 젊은이와 소년 소녀들에게
자살폭탄 공격이 너의 유일한 인간의 길이라고
악마처럼 속삭이고 싶었다

아 나는 코리아의 민주화 이후가 너무 힘들다고
사람들이 일상에 묶여 움직여 주지 않는다고
우리의 진정한 혁명을 너무 알아주지 않는다고
한탄하고 좌절하고 조급해하던
나의 죄를 고해하며 빌고 싶었다

내 머리를 겨눈 계엄군의 총구 앞에서
한 순간 개가 되어 공포에 떨고 있던 나는
아체인의 공포, 아체인의 절망,
무릎 꿇린 아체인의 운명 앞에
오래도록 무릎 꿇어 빌고만 싶었다

비 내리는 밀림의 공포

"그대로 곧장 떠나라! 어디에도 정차하지 말라! 전속력으로 달려 록스마웨를 떠나라!"

명령에 따른다는 조건으로 우리는 한 시간 동안 꿇어앉았던 몸을 겨우 일으켜 차에 오를 수 있었다. 총구는 계속 등을 겨누고, 방탄차 한 대가 우리 뒤를 따랐다.

치욕과 울분을 되새길 겨를도 없이 우리는 하나뿐인 길, 첩첩의 슬라와 산맥 밀림 길을 전속력으로 달려야 했다. 통역하는 후배와 운전기사가 언쟁을 하고 있었다. 경험 많은 아체 출신 운전기사는 어둠 속의 밀림도로가 더 위험하다고 하고, 내 신변이 걱정된 후배는 록스마웨에 머물다가는 밤중에 끌려가 학살될 위험이 더 크다고 하고.

나는 앞자리에 앉아 침묵하며 아체의 개가 된 나 자신을 돌아보며 새로운 눈물을 흘리고 있었다. 비까지 쏟아져 내리고 있었다. 밀림 산악도로는 금세 어둑어둑해지고 있었다. 슬라와 산맥 도로는 가로등은 물론 인적 하나 없는 굽이굽이 비포장 돌길이다.

덜컹거리는 어두운 길을 달리는 동안 수시로 우리를 감시하기 위해 나타나는 다른 장갑차들과 조우해야 했다. 무장 초소에서 초소로 릴레이로 우리를 감시하는 것이었다. 그들이 언제 생각이 바뀌어 총질을 시작할지 몰랐다. 우리는 이중의 공포에 떨어야 했다. 그 길은 자유아체운동 게릴라를 사칭한 약탈자들도 많이 출몰하는 길이었다. 게다가 이따금 멧돼지떼와 원숭이떼, 거대한 코끼리와 수마트라 호랑이가 지프를 가로막고 달려들어 위협하는 길이었다. 칠흑 같은 밀림의 밤이 되자 록스마웨로 철수하는 장갑차와 방탄차 행렬이 줄을 이었다. 첨단 병기로 무장한 그들도 밤의 밀림은 점

령할 수 없는 공포인 것이다. 우리를 감시하며 추격하던 방탄차도 떨어져 나간 것 같았다.

정말 엄청난 밀림이었다. 엉덩방아를 찧고 차 천정에 머리를 찧으며 밤길을 질주하는 동안 '쒸익쒸익!' 귀청을 찢을 듯한 끔찍한 쇳소리가 계속해서 울렸다. 무슨 새소리가 저렇게 날카롭냐고 물었더니 밀림의 지네와 지렁이 울음소리란다. 저 밀림 속에 며칠만 있으라고 해도 나는 미쳐 버릴 것 같았다.

슬라와 산악 밀림 도로변의 전통방식으로 지은 소박하고 아름다운 농가 주택들은 완전 파괴되거나 폐가 상태였다. 자유아체운동 게릴라들에게 식량을 제공할 가능성이 있다고 인도네시아군이 파괴하고 강제로 퇴거시켰다. 그래서 자유아체운동 게릴라들은 쌀 한 말을 구해 캠프까지 지고 올라가는 것이 중요 작전이요, 그 작전에 몇 명의 목숨을 걸어야 하는 처지였다.

이런 악조건 속에서 이농발, 아체에서 가장 총명한 여전사들과 아체의 젊은이들 4,000여 명이 고독한 싸움을 펼치고 있다. 힘없고 작은 이슬람 국가이고 자원 수탈지이기 때문에 미국과 서구는 자유아체운동은 물론 나날이 늘어 가는 아체인에 대한 학살과 비인도적 만행에 대해서도 눈을 감아 버린다. 그 많은 이슬람 국가들도 무슬림 인구 최대의 나라 인도네시아 정부에 줄을 서서 침묵하고 있다. 알라의 정의는 어디에 있는가? 아체인의 고통은 끝이 없고 희망이 보이지 않는다. 의롭고 똑똑한 아체 젊은이들의 희생은 늘어만 가고, 너무 긴 패배감과 절망의 지속에 생계가 막힌 사람들은 인간성을 저버리며 배신자가 되고 밀고자가 되고 민병대가 되어 간다. 질병과 위험으로 가득한 원시림 속에서 그들은 21세기의 가장 고독한 절망의 투쟁을 이어 가고 있는 것이다.

알람샤와의 재회

갈릴리 해변의 여자 예수

새벽이 되어서야 반다아체에 도착했다. 긴장과 공포로
체력은 소진되고 총구에 찔이고 다친 부위 때문에 극
심한 피로가 몰려왔지만 시간이 없었다. 아침 일찍 알
람샤를 만나야 했다.

알람샤의 노력으로 라자와리 호텔은 반쯤 복구가 진
행되었다. 알람샤는 그 동안 어머니의 흔적을 좀더 찾
아냈다. 지난번처럼 알람샤는 그 유품들을 몰래 품고
와 나에게 맡기기로 했다.

새로 찾아낸 몇 점 안 되는 사진들 속에서 촛 여사는
여전히 따뜻한 표정으로 미소 짓고 있었다. 한 사진은
바닷가 집회에서 대중 앞에 선 촛 여사의 모습을 담고
있었다. 계엄법 위반으로 잡혀가게 된 바로 그 집회의
모습인 듯싶었다. 거기에서 평화적인 주민 투표를 호
소하고 시 한 편 낭송한 뒤 체포되었다. 그로 인해, 나
중에 11년형으로 감형되긴 했지만, 18년형을 받았다.
그런 무거운 형벌을 받게 된 집회치고는 너무나 평화
로운 축제 모습이다. 바닷가에는 어린아이부터 어른까
지 모두 몰려나와 즐거운 표정들이다. 촛 여사가 등장
하면 언제나 축제 분위기가 되었다고 한다. 그럴 수밖

몇 장 남지 않은 츳 누라 시킨(맨 왼쪽)의 사진 중 하나. 바닷물에 젖어 훼손 되었다.

에 없었으리라. 그때까지 저항운동은 밀림의 게릴라에 게만 의존했는데 따뜻한 인간미에 신심 깊은 여성 지도 자가 나타나 희망을 주니 얼마나 큰 위안이었겠는가. 그 사진을 바라보고 있자니 마치 여자 예수의 갈릴리 해변 집회 같다는 느낌이 들었다.

한 사진은 감옥에서의 면회 장면이거나 아니면 마지 막 끌려가기 전 기념촬영한 것으로 추정되었는데 바닷 물에 젖는 바람에 상당부분이 지워졌다. 그리고 격리 된 주민과 병상에 누워 신음하는 사람을 위로하는 사 진들이었다. 츳 여사는 머리에 꾸르등^{히잡}을 쓴 실루엣 으로 담겼다. 이 사진 속에서 쓰고 있던 꾸르등을 옥상 구석에서 찾아냈다고 한다. 바닷물에 심하게 얼룩져 있었지만 그녀의 체취를 담은 마지막 유품이다. 그녀 가 중요한 집회나 행사 때 입었던 선분홍빛 치마도 함 께 발견되었다.

알람샤는 이 유품들을 나에게 건넨 뒤, "이제 저한테

예수의 갈릴리 집회를 연상시키는 촛 여사의 집회 사진. 그녀가 나타나자 군중은 환호와 신뢰의 눈빛을 보낸다. 이 집회에서 그녀는 평화적인 주민 투표를 호소하고 시 한 편 낭송한 뒤 체포되었다.

격리된 주민을 위로 방문한 춧 누라시킨. 그녀는 항상 낮은 곳을 찾아가 고통받는 사람들의 호소에 귀를 기울였다.

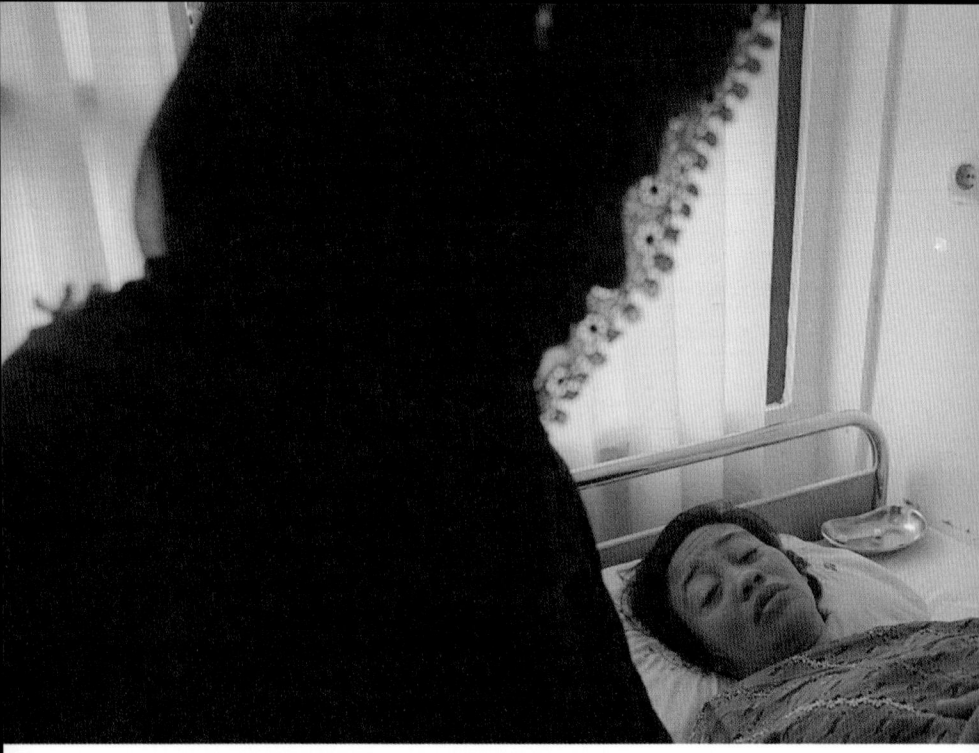

는 어머니의 흔적이 아무것도 남지 않았네요." 하며 싱
긋 웃는가 싶더니 갑자기 흐느끼기 시작했다.

　"알람샤, 반드시 그날은 온다. 꼭 온다. 너도나도 모
르게 이미 오고 있다." 알람샤는 고개를 끄덕였다.

꾸르등을 쓴 그림자가 츳
누라시킨이다. 알람샤는
이 꾸르등과 함께 사진들
을 필자에게 맡겼다. 아체
에 자유가 올 때까지.

묘지 참배 작전

나는 알람샤에게 츳 누라시킨 여사의 무덤을 다시 방
문하고 싶다고 했다. 누구도 찾지 않는 그 쓸쓸한 무덤
에 기념비나 표석은 못 세울망정 그들을 기리는 작은
깃발이라도 하나 걸어 영혼을 달래 드리고 싶었다. 그
래서 그 뜻을 함께하는 사람들의 마음을 적은 작은 현
수막을 하나 준비해 갔다.

　2004년 12월 26일
　여기 소리없이 사라져간
　아체의 별들 앞에

멀리 코리아의 벗들이 찾아와
슬픔과 사랑의 마음을 새깁니다
춧 누라시킨과 아체의 별들이여
어둠 속에서
어두운 가슴과 가슴에서
새로운 동녘별로 빛나소서
— 2005년 5월 한국의 벗들이

　알람샤에게 그 현수막을 보여 주자 그 동안 너무 힘
들고 외로워 포기하고 싶을 때가 한두 번이 아니었다
면서 울먹였다. 내가 그 현수막을 묘지에 걸려고 한다
고 하자, 알람샤는 고개를 흔들며 "그러다간 영원히
못 보게 됩니다."라고 말했다.
　묘지는 접근조차 허용되지 않고 있었다. 지난번에도
접근이 어려워 겨우 방문했는데, 그나마 그때는 재난
의 여파로 계엄군의 전열이 정비되지 않아 그만큼의
기회라도 있었던 셈이다. 이젠 사정이 딴판이었다. 사
실 알람샤와 만나는 것부터 쉽지 않았다. 라자와리 호
텔은 아침부터 경찰들이 진을 치고 있어 긴장을 조성
하고 있었다. 호텔 안에도 밀정으로 보이는 남녀가 죽
치고 있었다. 어렵게 만난 알람샤는 묘지 주변에도 군
부대가 상시 주둔하면서 감시를 하고 있어 참배가 불
가능하다고 말했다. 알람샤도 나도 주목 대상이기 때
문에 모두들 포기하자는 의견들이었지만 나는 강행을
설득했다. 도대체 죽은 자를 추모하는 일이 무슨 잘못
이란 말인가.
　대신 '작전'이 필요했다. 참배가 끝나면 곧바로 차를
달려 시내를 돌다가 비행기를 타고 아체를 떠나도록
시간을 짰다. 추격전을 피할 도로와 골목길도 그려졌
다. 그리고 아무래도 감시가 소홀할 새벽으로 시간을

잡았다. 미리 사람을 보내 멀찍이서 상황을 지켜보기도 했다. 한쪽에는 경찰 초소가, 다른 한쪽에는 계엄군 분소가 각각 설치되어 있어 누구도 얼씬할 수 없게 감시를 하고 있었다. 묘지는 대로에 면해 있지만 간혹 그 길을 가는 주민들도 묘지 쪽으로는 눈길조차 주지 못한 채 반대쪽을 보며 지나다녔다. 초라한 흙무덤 묘지에 왜 이토록 처절한 긴장이 흘러야 하는지 알 수가 없다. 도대체 아체에서 양심을 가지고 활동하다 억울하게 죽은 이들의 무덤에 인사 한번 하는 데도 이렇게 '작전'이 있어야 하는지, 생각할수록 비참해졌다.

새벽 5시. 새벽인데도 감시는 전혀 늦추어지지 않았다. 그 앞에 차를 세울 수조차 없었다. 그쪽으로 가지 않겠다는 운전사를 겨우 설득해야 했다. 통역이 미리 내려 묘지 가까이에서 딴청을 부리며 경계병에게 담배를 권하며 유인하고 엉뚱한 말로 시간을 끌었다. 그 사이 알람샤와 내가 내려서 현수막을 들고 묘지로 접근했다. 그러나 저쪽을 보니 통역은 경계병을 더 이상 붙잡을 수 없는 눈치였다. 알람샤는 흔들리는 얼굴로 그만 돌아가자고 했다. 상황이 급박하게 변하고 있었다. 우리는 발길을 돌려야 했다. 그러나 몇 걸음 돌아 나오던 나는 울분을 견딜 수 없어 다시 발길을 돌려 묘지로 향했다. 우리는 지금 죽을죄를 짓는 것이 아니다.

통역은 경계병을 붙잡느라 진땀을 흘리고 있었다. 알람샤도 잠깐 망설이다가 결국 묘지 쪽으로 돌아섰다. 우리는 재빨리 판자 울타리에 현수막을 걸치고 짧은 기도와 묵념을 올렸다. 그리고 어머니 무덤 앞에 선 알람샤의 모습을 디지털 카메라에 한 장 담는 것으로 모든 참배를 끝내야 했다. 한 장을 더 담기 위해 셔터를 누르는 순간, 아침의 정적이 갑작스럽게 무너졌다. 여기저기서 철커덕거리는 소리가 들렸다. 총이 장전되는

촛 누라시킨이 묻힌 무덤. 비석 하나 없는 이 초라한 흙마당 무덤도 무장 군인들이 삼엄하게 지키며 접근을 차단하고 있다. 아주 잠깐의 참배를 위해 잠입에서 도주로 이어지는 '작전'이 필요했다.

소리 같기도 했고, 출동을 위해 장갑차에 시동을 거는 소리 같기도 했다. 어쩌면 심하게 쿵쾅거리는 내 심장의 고동소리였는지도 몰랐다. 그 무슨 소리였든 우리는 뒤도 돌아볼 수 없었다.

자동차에 오르는 순간 추격이 시작되었다는 것을 느꼈다. 우리는 추격을 따돌리기 위해 폐허 길을 전속력으로 질주했다. 묘지를 벗어나서도 꼬리가 잡히지 않기 위해서 미리 짜놓은 길로 이리저리 돌아 달렸다. 어느덧 아침 해가 빨갛게 떠올라 있었다. 계엄군과 경찰이 곳곳에 배치되어 있어 어디에서도 마음을 내려놓을 수 없었다. 그들이 무전기를 들어올리거나 우리 쪽으로 눈을 돌리기만 해도 가슴이 철렁 내려앉았다.

아체강 다리 위의 작별
난간이 무너진 아체강 다리에 이르러서야 비로소 꼬리를 떼어 냈다는 생각이 들었다. 우리는 그 다리 위에서 작별을 하기로 했다. 내가 차에서 내리자 알람샤가 따라 내리더니 머뭇거렸다. 왜 그러냐고 물었다. 알람샤는 뭔가 이상한 예감을 한 것일까? 같이 사진을 한 장 찍고 싶다고 울먹거렸다. 우리는 서로를 안아 주었다. 잘 있거라, 알람샤. 너는 무사할 수 있을까…. 나는 다시 아체로 돌아올 수 있을까…. 알람샤는 포옹을 풀 줄 몰랐다. 다리 아래로 아체 강물이 엄마 품에 안기듯 태연히 바다로 흘러 들어가고 있었다. 그러나 더 이상 시간을 지체할 수 없었다. 이 다리는 반다아체를 벗어나는 몇 안 되는 길목 중의 하나라 곧 추격의 발길이 여기에 닿을 것이다. 나는 서둘러 공항으로 달려갔다.

비행기를 타고 아체를 떠나는 동안 공포와 슬픔에 젖은 알람샤의 마지막 표정이 내내 어른거렸다. 나는 죄책감 때문에 눈물이 흘렀다. 알람샤의 그 얼굴은 아체의 모든 생각 있는 젊은이들의 얼굴이다. 그 선하고 의로운 자유아체의 젊은이들, 산악밀림의 이농발들, 고아원의 아이들…. 그들을 공포와 절망 속에 남겨 두고 나는 아체를 떠나고 있었다.

나는 슬픔의 힘을 믿는다

1.

이것은 2005년 3월과 5월, 두 차례에 걸친 아체 방문의 기록이다. 쓰나미로 인한 고통, 그리고 그 이상으로 혹독한 정치적 시련의 현장을 내가 본 그대로를 기록하려 했다. 아체는 계속 변화하고 있다.

하나의 슬픈 소식이 있다.

누룰 후다 고아원의 가이아 여사는 이제 이 세상 사람이 아니다. 지난 6월 남편인 라무 원장에게서 편지 한 장을 받았다. 내가 아체를 떠난 지 사흘 만에 그녀는 숨을 거두었다. 어둑한 고아원 골방에 누워 비틀린 입으로, 라압… 미안하다, 알 함두릴라… 감사하다, 아꾸찐따 빠따무… 사랑한다, 띄엄띄엄 세 마디만을 되뇌이던 그녀의 음성이 귀에 생생하다. 가이아 여사의 주검은 고아원 마당가에 안장됐다. 고아원 형편도 더 어려워진 모양이다.

하나의 기쁜 소식이 있다.

2005년 8월 15일, 마침내 인도네시아 정부와 자유아체운동 지도부는 30년 내전을 마감하는 평화협정을 체결했다. 기적 같은 일이 일어난 것이다.

나는 이 소식을 시리아-쿠르드 국경도시 알 까미슬리에서 '밤의 회동' 중이던 그곳 쿠르드 해방운동 지도부를 통해 전해 들었다. 나는 조용히 일어나 모래바람 부는 어두운 사막을 혼자 걸었다. 눈물이 흘러내렸다. 쓰나미에 죽어 간 40만 아체인, 감옥 속에서 창살을 붙잡고 죽어간 아체의 별들, 산악 밀림에서 이름없이 사라져 간 젊은 영혼들…. 그들의 희생을 밟고 평화협정이 왔다. 이제야 오고 만 것이다. 이렇게 오고 마는 것이다. 언제나 정의는 힘이 없고 느린 걸음이지만 이렇게 기적처럼 오고 마는 것이다.

2.

하지만 아직 아체의 평화를 단언하기엔 이르다. 첩첩의 지뢰밭 길을 넘어야만 한다. 2003년에도 휴전협정이 맺어졌지만 6개월 만에 인도네시아 정부는 약속을 깨뜨리고 비상계엄을 선포하며 피의 살육을 저질렀다. 평화협정으로 기득권을 잃게 된 막강한 인도네시아 군부의 반발도 예상된다. 그 중에서도 독점권을 누려 온 육군의 조직적 움직임이 어두운 그림자를 드리운다. 그 동안 인도네시아 정부가 키운 아체 출신 무장 민병대 처리 문제도 결코 만만치 않다.

그럼에도 나는 평화를 향한 아체의 걸음을 신뢰하고 싶다. 쓰라린 이유가 있다. 인도네시아 정부와 미국의 액슨모빌은 아체 유전자원을 2010년 경이면 거의 다 빨아먹게 된다. 아체에 자치권을 넘겨줘도 큰 손해가 되지는 않는다는 현실적 계산이 그들을 평화협정의 길로 가게 했을 것이다. 자유아체운동(GAM) 쪽도 더 이상의 무력 저항을 지속하기 어려운 한계에 직면해 있었다. 쓰나미로 보급로가 막혀 식량조차 조달하기 힘겨운 상태였다. 무엇보다 대재앙을 계기로 아체에 쏠린 인류의 눈길을 인도네시아 정부가 의식하지 않을 수 없다는 것이 희미하게 찾아온 이 평화를 신뢰하고 싶은 가장 큰 이유다.

아체의 자유와 평화는 아체만을 위한 것이 아니다.

사실 인도네시아도 군부독재의 피해자였다. 군부가 아체에 대한 전쟁 비즈니스로 성역의 기득권을 누려 오는 동안 인도네시아는 극심한 빈부격차와 부정부패 속에서 사회발전을 희생당해 왔다. 아체 계엄 군사작전을 시작한 2003년 군부는 1조 7천억 루피아(2억 달러)가 넘는 막대한 전비를 투입했다. 인도네시아 국민대표회의(DPR)는 특별예산 8조 루피아(9억 달러)를 아체 공격에 우선 배당했다. 그 무렵 아체 전체의 1년 예산이 약 2억 달러였다.

이렇게 불의한 전쟁은 인도네시아의 돈만 낭비한 것이 아니다. 노동자의 땀과 전문가의 창의성과 아이들의 미래마저 탕진한 것이다. 그러므로 아체의 자유와 평화는 인도네시아 자신의 민주주의와 미래의 발전을 위해서도, 나아가 아시아 전체의 평화를 위해서도 더 이상 늦출 수 없는 당위의 과제이다.

30년 전쟁의 피투성이 주검과 쓰나미의 참혹한 희생을 딛고 이제 막 첫걸음을 내딛기 시작한 아체의 자유화에 대한 우리의 관심과 지원이 그 어느 때보다 필요하다. 이 책이 비록 탱크 앞의 사마귀처럼 미약한 부르짖음이겠지만, 자유아체에 대한 관심과 지원을 강물처럼 불러 일으키는 계기가 되기를 간절히 비는 마음이다.

3.

우리는 절망과 슬픔에 우는 아체인들에게 작은 나눔의 손길을 내밀었고 나는 그 심부름을 맡아 했지만, 실상은 우리가 도움을 준 것이 아니라 우리가 도움을 받은 것이라는 생각이다. 제 앞가림하기에만 급급했던 우리에게 큰 깨달음과 성찰의 기회를 주었기 때문이다.

한 인간의 위대성은 평시에는 잘 나타나지 않는다. 고난과 역경이 닥쳐 그 사람의 표면을 장식하던 모습이 찢어지고 적나라한 속

사람이 드러날 때, 그 인격 수준과 위대성이 나타난다. 한 사회공동체의 위대성 또한 마찬가지다. 아체인들은 위대했다. 오랜 정치적 억압과 40만 명이 죽어간 쓰나미 참사로 모든 것이 파괴되었지만, 단 한 건의 약탈이나 강도, 폭력, 자살도 찾아볼 수 없었다. '선진문명국' 미국 뉴올리언스에 허리케인이 닥쳤을 때와 비교되는 부분이다. 하루아침에 모든 것을 잃어버린 아체인들은 절망과 슬픔을 함께 나누며 더없이 선한 인간성과 순수한 분노의 마음으로 다시 삶을 일으켜 세우고 있었다. 그들은 폐허의 지평선에서 진정 위대한 인간이란 어떤 것인가를 감동적으로 보여 주었다.

4.
가난과 분쟁의 고통에 울고 있는 나라는 우리가 넘어서 온 과거의 모습이 아니다. 그들은 우리 미래의 거울이다. 그들 앞에 우리 자신의 모습이 어떻게 비치는가에 따라 우리 삶의 미래는 규정될 것이다.

그 미래의 거울 속에서 우리는 어떤 모습을 하고 있을 것인가? 나는 두렵다. 혹시 우리는 새롭게 등장한 '작은 제국주의'의 얼굴을 하고 있지는 않을까. 지금 우리가 생명 평화 나눔의 길로 나아가지 않는다면 우리도 모르는 사이 결국 그렇게 되고 말 것이다.

이제 우리도 역사상 처음으로 세계사의 한 주역으로 떠오르고 있다. 대대로 작게만 살아 온 우리는 어느새 우리가 생각하는 이상으로 커져 버린 자신을 곧잘 잊는다. 강자의 우월감 속에서 가난한 나라를 활보하면서도, 그들의 눈물 흐르는 현실에 대해서는 여전히 약자의 방관을 계속하는 이중성 속에서 지구시대를 살아가고 있는 것은 아닐까.

한국인은 이제 경제성장과 민주화를 성취한 자부심을 새로운 책임의식으로 전환하여 인류 앞에 서야 한다는 부름을 받고 있다. 우리가 극복해야 할 우리 자신의 문제 — 경제 침체와 심각한 빈부 격차, 생태 위기, 남북 갈등, 불공정한 세계화와 물신주의 — 도 물론 산적해 있다. 그러나 이를 넘어설 새로운 동력도 결국 그러한 우리 위상의 자각과 인류에 대한 새로운 책임의식에서부터 솟아나오게 될 것이다.

한정된 지구자원과 세계화한 경제구조 속에서 누군가의 풍요는 다른 누군가의 궁핍을 전제로 한다. 지금 우리가 누리는 이 삶은 지구마을 가난한 이웃들의 아픔과 결코 무관하지 않다. 우리의 삶은 그들의 자원과 노동과 부를 가져 온 바탕 위에 서 있기 때문이다. 지금 한국의 어느 누구도 지구마을 가난한 나라 사람보다 더 가난하지 않다. 시대는 우리에게 자기 존재의 발밑을 돌아보라고 요구하고 있다. 더 많은 물질 소득과 더 많은 소비가 아닌, 적은 소유로 기품 있게 살아가는 나누는 삶의 기쁨을 찾으라고 요구하고 있다. 인간성의 척도는 이제 국경 안에 있지 않다. 지구시대의 성숙한 인간성은 오직 국경 너머에서만 가능하다.

5.

나는 슬픔의 힘을 믿는다.

기쁨은 공유하기 어렵지만 슬픔은 함께 나눌 수 있다. 슬픔 속에서 우리는 진정한 공감에 이르고 하나가 된다. 슬픔은 우리를 돌아보게 하며, 우리 자신을 정화하고, 참된 나 자신과 진리에 가

닿게 한다. 슬픔을 통해서 우리는 내면 깊은 곳으로부터 솟아나 모든 생명에게로 번져 나가는 크나큰 사랑과 만난다. 나는 인간의 깊은 곳에 흐르는 슬픔의 공유 능력, 저마다의 가슴에 간직한 그 선함을 믿는다.

그 슬픔의 공유 위에서 자라난 기쁨만이 공유할 수 있는 진정한 기쁨이 될 수 있다. 가난한 인류의 절망과 슬픔을 외면한 그 어떤 성취와 발전과 자유와 진보도 진정한 기쁨의 길이 되지 못한다. 살아있는 슬픔에 눈을 감는 자는 죽음의 슬픔을 통해서만 눈을 뜨게 될 것이다.

슬픔은 흘러야 한다. 너의 슬픔이 나에게로, 나의 슬픔이 너에게로 강물처럼 흘러야 한다. 국경 너머의 슬픔이 우리에게로 흘러들어오게 해야 한다. 그리하여 함께 하는 그 슬픔의 힘으로 우리 자신을 소생시키고 다시 희망 쪽으로 걸어가야 한다.

인류의 절반이 억압과 분쟁과 가난 속에서 고통받고 있다. 눈물 흐르는 지구의 골목길에서 내가 그들에게 나누어줄 수 있는 것은 아무것도 없다. 나는 오직 절망과 슬픔을 공유할 뿐이다. 낡은 카메라와 오래된 만년필 한 자루를 들고 그들의 아픔을 기록하고 전하는 것 말고는 내가 할 수 있는 것이 아무것도 없다는 무력감에 몸을 떨곤 하지만, 그래도 여전히 나는 슬픔의 힘을 믿는다.

이 책이 그대의 선한 마음에 고통만 안겼을지 모른다. 힘든 때에 이 책을 읽어 주신 그대에게 고맙고 미안하고 죄송한 마음이다. 아체인들의 진실을 제대로 전하지 못한 내 무딘 펜과 미숙한 카메라에 대해서도 용서를 바랄 뿐이다.

감사의 말

함께 해준 아체의 벗들께

계엄군과 무장 경찰의 총구 앞에서도 용기 있게 증언하고 카메라 앞에 서주신 아체의 벗들께 감사드립니다. 당신들은 위대했습니다. 부디 우리 살아서 다시 만나기를…. 두 차례에 걸친 아체 길을 함께하며 어려운 통역을 맡아준 사랑하는 J형! 당신을 인도네시아로 유학 보낸 것은 하늘의 뜻이 틀림없습니다. 행운을 빕니다. 고아로 자라난 불우한 처지에서도 용기 있게 동행해준 아체 청년 L에게 알라의 축복이 함께 하길. 조국의 자유를 위해 기꺼이 험로를 달려준 아체 운전기사 K형, 당신은 모른 체 말이 없었지만 그 애타는 마음을 느끼며 나는 힘을 낼 수 있었습니다.

아체를 후원해 주신 분들께

아체의 절망과 슬픔을 함께하며 '사랑은 나직하게, 나눔은 소리없이' 성금을 모아주신 나눔문화 회원님들께 아체 고아들과 아체인을 대신해 감사의 마음을 전합니다. 여러분의 마음과 마음이 모아져 '자유아체'로 가는 기적 같은 첫걸음을 아체의 벗들과 함께 이루어냈습니다. 늘 고맙고 눈물나고, 사랑합니다.

㈜ 쌈지의 천호균 님과 정금자 님, '딸기가 좋아' 식구들과 천재린 님, 김경희 님, ㈜ 파워컴 김종우 님과 직원 여러분, 김동건 님, 김진현 님, 박상인 님과 여인자 님, 박혜영 님과 정회훈 님, 정재혁 님, 정재욱 님, 석순용 님, 성상열 님, 오완순 님, 이시형 님, 이재원 님, 장회익 님, 전인숙 님께 감사드립니다.

감정규 님, 강대근 님, 강인수 님, 강인숙 님, 강종훈 님, 강진철 님, 강창희 님, 고지영 님, 권현정 님, 김갑성 님과 민원식 님, 변연희 님, 김남현 님, 김대봉 님, 이윤남 님, 김시현 님, 김대성 님, 김도희 님, 김보성 님, 김보희 님, 김상만 님, 김상미 님, 김상엽 님, 김석영 님과 백균희 님, 김희원 님, 김선주 님, 김수현 님, 김연아 님, 김영욱 님, 김인수 님, 김인현 님, 김일섭 님, 김재의 님, 김재현 님, 김정숙 님, 김지선 님과 디자인 비따, 김진주 님, 김창영 님, 김철호 님, 김현욱 님, 김해옥 님과 구보 하루요시 님, 김혜준 님, 꿈지락 여러분과 김세진 님, 나누는학교 자원봉사모임 ㈜휴맥스 동심 여러분, 나누는학교 아이들, 남철관 님, 대학생나눔문화 여러분, 도부민 님, 류준수 님, 민상홍 님, 박경모 님, 박근원 님, 박기리 님, 박기열 님과 최경숙 님, 박윤정 님, 박효정 님, 박성원 님, 박성태 님, 박신우 님, 박재동 님, 박지은 님, 박진호 님, 박현주 님, 박혜정 님, 박훈희 님과 이남곤 님, 방혜신 님, 배석기 님, 서민석 님, 선주미 님, 설세영 님, 성은정 님, 김동관 님, 송진숙 님, 송창의 님과 이덕희 님, 송형수 님과 김은경 님, 송주연 님, 송해인 님, 신문범 님, 신용현 님, 신인령 님, 신철순 님, 심연 님, 안은경 님, 안춘훈 님, 양빈 님, 양선희 님, 연재훈 님, 연지현 님, 오승은 님, 오연석 님과 김정숙 님, 오준택 님, 오준영 님, 오은정 님, 오재창 님과 성정희 님, 우병례 님, 우재익 님, 이강복 님, 이강석 님, 이두호 님, 이만주 님, 이상훈 님, 이순님 님, 이영미 님, 이영순 님과 김정익 님, 김보성 님, 김한성 님, 이영주 님, 이정은 님, 이정헌 님, 이제운 님, 이지민 님, 이현지 님, 이호성 님, 이희수 님과 전미향 님, 임소희 님, 임영미 님, 허봄들 님, 허아름솔 님, 장미성 님, 장병용 님, 서은영 님, 장세움 님, 장준혜 님, 서정규 님, 장해숙 님, 정연희 님, 정일화 님, 정재남 님, 정재숙 님, 정지환 님, 정현주 님, 정혜원 님, 정혜주 님, 정호진 님, 조성신 님, 조숙자 님, 조영주 님, 조영환 님, 조으뜸 님, 조재형 님, 박은숙 님, 조지혜 님, 조현정 님, 최수정 님, 최영익 님, 최은희 님, 최익근 님, 이선영 님, 최재희 님, 최창모 님, 하원수 님, 한은경 님, 한은정 님, 함인석 님, 허택 님, 홍성원 님, 홍윤숙 님, 홍은정 님, 황성애 님, 황지윤 님, 서울YWCA 여러분, KT&G복지재단 김재홍 님, 이름을 밝히지 않으신 13분의 천사들께 감사드립니다.

그리고…
전쟁의 아체에서 소중한 진실을 알려온 전선기자 정문태 님, 현지 언론인들을 이어주신 강경란 PD님, 이슬람대학 교수들을 이어주신 이희수 교수님, 사진작업을 격려해준 다큐멘터리 사진작가 이상엽 님께 감사 드립니다.
어려운 조건 속에서도 아체 지원하기 실무를 묵묵히 수행해준 김진주 님을 비롯한 나눔문화 이사님들과 연구원 허택 님, 임소희 님, 김상엽 님, 연지현 님, 이윤남 님, 최재희 님, 박기리 님, 송주연 님, 김남현 님, 홍성우 님, 이미경 님, 이현지 님, 이준범 님, 임정빈 님, 이우찬 님, 한인혁 님. 그리고 대학생 나눔문화 여러분께 마음 깊은 사랑과 감사를 드립니다.
늘 곁에서 수많은 밤을 함께 지새며 복잡한 자료정리와 손 글씨 원고를 타이핑해준 연지현 님, 어둑한 암실에서 흑백 사진을 현상 인화해준 포토피아 신상윤 님과 사진 분류 정리를 맡아준 석진규 님께 감사드립니다.
새로운 매체 Pamphlet을 기획하고 편집, 디자인, 제작까지 직접 도맡아 해주신 강무성 님, 최순영 님께 감사드립니다.

Pamphleteer:

박노해 Park, Nohae

1957년 전라남도 함평에서 태어나 고흥에서 자라났다. 16세 때 상경하여 낮에는 노동자로 학비를 벌고 밤에는 선린상고(야간부)를 다녔다. 현장 노동자로 일하던 1984년, 첫 시집 《노동의 새벽》을 출간했다. 군사정부의 금서 조치에도 100만 부 가까이 발간된 이 한 권의 시집은, 한국 사회와 문단을 충격적 감동으로 뒤흔들게 된다. 그때부터 '얼굴 없는 시인'으로 불리며 한국민주화 운동 시대의 상징적 인물이 되었다. 1989년 분단된 한국 사회에서 절대 금기였던 '사회주의'를 천명한 〈남한사회주의노동자동맹〉을 결성했다. 1991년 7년여 수배 생활 끝에 체포되어 24일간의 참혹한 불법 고문 후 사형이 구형되고, 무기징역형에 처해졌다. 1993년 옥중에서 두 번째 시집 《참된 시작》을, 1997년 옥중 에세이집 《사람만이 희망이다》를 출간했다. 이 책은 수십만 부가 읽히면서, 그의 몸은 가둘 수 있지만 그의 사상과 시는 가둘 수 없음을 보여주기도 했다. 1998년 8월 15일, 7년 6개월의 감옥생활 끝에 김대중 대통령의 특별사면조치로 석방되었다. 이후 민주화운동 유공자로 복권되었으나 국가 보상금을 거부하였다. 2000년부터 스스로 사회적 발언을 금한 채 지구 시대의 인간해방을 향한 새로운 사상과 실천에 착수하는 한편, '생명 · 평화 · 나눔'을 기치로 한 사회운동단체 '나눔문화'(nanum.com)를 설립했다. 2003년 미국의 이라크 침공 선언 직후 전쟁터로 날아가 평화활동을 전개했다. 지금까지 중동, 아프리카, 아시아, 중남미 등의 눈물 흐르는 지구의 골목길에서 글로벌 평화나눔을 펼치고 있다. 평화활동의 도구로서 들기 시작한 낡은 흑백 필름 카메라는 그에게 인류 보편의 언어인 '빛으로 쓴 시'가 되고 있다. 2010년 1월 첫 사진전 〈라 광야〉展을, 2010년 10월 〈나 거기에 그들처럼〉展을 열었다. 2010년 10월, 10여 년의 침묵정진 속에서 육필로 새겨온 5천여 편의 시 중에서 300편을 묶은 신작 시집 《그러니 그대 사라지지 말아라》를 출간했다. 그는 오늘도 국경을 넘어 인류의 고통과 슬픔을 끌어안고 사람들의 가슴 속에 잠든 선함과 용기를 일깨우면서, 21세기 인류의 대안 삶과 근원적 혁명의 길로 나아가고 있다.

Pamphlet ⁰⁰¹

아체는 너무 오래 울고 있다

지은이 박노해 **발행인** 허 택 **편집디자인** 강무성, 조용진, 최순영, 홍상희 **인쇄** 대명문화사 **발행처** 느린걸음 **등록일** 2002년 3월 15일(제 300 - 2009 - 109호) **주소** 서울시 종로구 내수동 72 경희궁의 아침 3단지 326호 **이메일** slow-walk@slow-walk.com **전화** 02 733 3773 **팩스** 02 734 1976

2005년 11월 7일 초판 1쇄
2012년 6월 8일 초판 5쇄

ISBN 89 - 91418 - 01 - 5 03810

✱ 이 책의 인세는 눈물 흐르는 지구마을의 골목길에 평화를 나누는 활동에 쓰입니다. 인류의 절망과 슬픔에 당신의 따뜻한 마음을 나누어 주십시오. 나눔문화(www.nanum.com 전화 02 734 1977)